AF236291

Der Mord an Lili W.

Günther Tabery

Bibliografische Information der Deutschen Nationalbibliothek:

Die Deutsche Nationalbibliothek verzeichnet diese Publikation in der Deutschen Nationalbibliografie; detaillierte bibliografische Daten sind im Internet über: http://dnb.dnb.de abrufbar.

© 2020 Günther Tabery

Cover: Jutta Schultz, Berlin

Herstellung und Verlag:

BoD – Books on Demand, Norderstedt

ISBN: 978-3-7526-2096-2

Marlene schloss die Augen. Die belanglosen und oberflächlichen Gespräche in ihrem Zugabteil hatten sie schläfrig gemacht. Smalltalk lag ihr nicht und es interessierte sie auch nicht im Geringsten, was die Dame ihr gegenüber mit ihrer unangenehm aufdringlichen Stimme erzählte. Lieber wäre sie in einem Großraumwaggon gereist. Dort saß man für sich alleine und man hatte seine Ruhe, trotz der vielen Mitreisenden um einen herum. Doch der Zug war überfüllt und kein anderer Sitzplatz mehr frei gewesen. In einem abgeschlossenen Abteil war die Stimmung viel vertrauter und intimer, was sie sehr störte. Man saß sich gegenüber, musste unfreiwillig zuhören und wurde fast schon genötigt, sich an den Gesprächen zu beteiligen.

Vorerst hatte sie ihre Ruhe, da die anderen dachten, sie wolle schlafen. Es dauerte eine Weile, bis sie eine bequeme Haltung gefunden hatte. Die Stimmen wurden allmählich leiser und ihr Atem ruhiger. Das rhythmische Schaukeln des ICE wiegte sie langsam in den Schlaf.

Die Ruhe wurde jedoch jäh gestört, als die Tür aufgerissen wurde und eine helle Stimme `Ihren Fahrschein bitte!´ rief. Langsam öffnete sie ihre Augen. Die gleißenden Strahlen der Sonne blendeten sie. Sie kramte in ihrer Tasche und überreichte dem Schaffner den Ausdruck zusammen mit ihrer Bahncard. Sein Job schien ihm Freude zu bereiten. Er lächelte überschwänglich und bedankte sich höflich bei ihr. Nachdem er die anderen Fahrgäste kontrolliert hatte, ging er weiter.

Nun war sie wieder wach und blickte auf ihre Mitreisenden. Deren Gesprächsfluss war durch den Kontrolleur unterbrochen worden. Eine ungewohnte Ruhe machte sich breit. Marlene holte tief Luft und schaute aus dem Fenster. Sie ließ die Gedanken schweifen. Auf ihren Besuch in Bruchsal freute sie sich sehr. Seit Jahren war sie nicht mehr dort gewesen und hatte ihre Jugendfreundin Sofie nicht gesehen. Sie wusste eigentlich nicht, warum das so war. Es gab keinen besonderen Auslöser oder Grund, aber es hatte sich irgendwie nicht mehr ergeben. Die Distanz zwischen Bruchsal und Berlin, wo sie seit Langem lebte, und der anspruchsvolle Alltag, hatten offenbar den regelmäßigen Kontakt verhindert. Ihre jahrelang gewachsene enge Freundschaft verlor über die Zeit ihre Exklusivität und Vertrautheit. Sie hatten sich fast schon aus den Augen verloren. Marlene wurde etwas traurig, als sie an die gemeinsame Vergangenheit dachte. Schließlich hatte sie Sofie jahrelang als beste Freundin durch dick und dünn begleitet. Sofie hatte viele Schicksalsschläge durchstehen müssen. Der frühe Tod des Vaters, dann ihre Hochzeit mit Markus, den sie heiraten sollte, weil sie von ihm schwanger war. Die vielen harten Auseinandersetzungen mit ihrer Mutter Rosa, die sehr dominant und extrem konservativ war, bis sie sich schließlich drei Jahre später wieder von Markus scheiden lassen durfte. Aber auch schöne Dinge gab es, die sie miteinander verbunden hatten. Die letzten beiden intensiven Schuljahre auf dem Gymnasium bis zum Abitur. Das Jahr danach, als sie zusammen im Fürst-Stirum-Klinikum ein freiwilliges soziales Jahr absolvierten. Die vielen Spieleabende mit Pizza und Eis und die Radtouren durch den schönen Kraichgau. Die Geburt von Sofies Tochter Lili. Dann das große Fest, mit dem Sofie ihre Scheidung feierte.

Schließlich kam die räumliche Trennung, weil Sofie in Bruchsal bei ihrer Familie blieb, Marlene aber mit 30 Jahren ihrem Leben eine andere Richtung geben wollte. Sie zog nach Berlin, um dort als Grundschullehrerin zu arbeiten.

Marlene war fest entschlossen, die alte Vertrautheit wieder aufleben zu lassen und dort anzuknüpfen, wo sie sich das letzte Mal gesehen hatten. Das war bei Lilis Kommunion. Lili war damals ein bezauberndes Mädchen mit langen blonden Haaren und strahlenden hellblauen Augen gewesen. Neun Jahre war das her.

Marlene nickte. Ja, sie wollte unbedingt die Freundschaft wieder intensivieren.

Der Grund, dass Marlene nun nach Bruchsal fuhr, war Lilis achtzehnter Geburtstag. Lili hatte sie angerufen und eingeladen. Es war für sie ein schönes Gespräch gewesen, in gewisser Weise fremd und vertraut zugleich. Sie sprach auch mit Sofie und es schien so, als hätte die Zeit stillgestanden und als wären sie nie getrennt gewesen. Da die Sommerferien in Berlin früher begannen als in Baden-Württemberg, war es Marlene möglich, im Juli zu ihnen zu reisen. Lili hatte gerade die mündlichen Abiturprüfungen absolviert und somit keinen nennenswerten Schulstress mehr. Die Geburtstagsfeier sollte auf dem großen Landhaus im Langental stattfinden.

Marlene schaute auf die Uhr. In zwei Stunden sollte sie in Heidelberg ankommen. Danach musste sie in die S3 umsteigen, um nach Bruchsal zu gelangen. Sie schloss die Augen und versuchte erneut einzuschlafen.

Erschrocken riss Marlene ihre Augen auf. Irgendjemand hatte sie angetippt. Hatte sie das Umsteigen verschlafen? Die Dame mit der aufdringlichen Stimme ihr gegenüber tippte ihr noch immer auf ihren Arm und sagte, dass sie nun bald in Heidelberg ankommen würden und sie doch dort umsteigen wollte. Marlene bedankte sich mit belegter Stimme. Sie blickte auf die Uhr. In fünf

Minuten würden sie da sein. Sie hob ihren Koffer aus der Ablage, nickte noch einmal jedem zu, packte dann ihre Tasche und verließ das Abteil. Um zur S-Bahn zu gelangen, musste sie auf dem Hauptbahnhof Heidelberg das Gleis wechseln. Keine zehn Minuten später nahm sie Platz in einem überfüllten Waggon. Zuvor war ein Jugendlicher aufgestanden und hatte ihr seinen Platz angeboten. Sie wunderte sich ein wenig und war irritiert. Sie war 43 Jahre alt. Das war doch noch kein Alter, in dem man einen Platz angeboten bekommen sollte, dachte sie. Dennoch bedankte sie sich höflich und lächelte leicht. Der Jugendliche verschwand in der Menge.

In Bruchsal angekommen, betrat Marlene den Bahnsteig. Wie verabredet, würde Sofie sie dort abholen. Sie blickte sich um. Weit und breit war nichts von ihrer Freundin zu sehen. Nachdem die S-Bahn aus dem Bahnhof gefahren war, sah sie auf dem gegenüberliegenden Bahnsteig eine blonde, zierliche Frau in einem dunkel gehaltenen Sommerkleid, die sich nervös umschaute. Marlene lächelte. Sie rief: „Sofie!"

Sofort drehte sich die fremde Frau um und ein Strahlen erhellte ihr Gesicht. Beide winkten sich zu. Marlene nahm ihren Koffer und stieg die Treppe hinunter. In der Unterführung kam ihr Sofie schnellen Schrittes entgegen. „Marlene, wie schön, dass du da bist!" Beide umarmten sich innig. Dann schauten sie sich lächelnd an. Eine Träne rann Sofie über die Wange. „Ich habe dich so vermisst!"

„Jetzt bin ich ja da", antwortete Marlene, während sie die Träne von Sofies Wange strich.

Unsicher berührte sich Sofie am Hals: „Hätte ich dich in Heidelberg abholen sollen? Ich wollte dich am Telefon noch danach fragen, aber da hatte ich es ganz vergessen. Es war bestimmt umständlich, mit der S-Bahn hierher zu kommen. Ach, das war nicht sehr höflich von mir! Und dann verwechsele ich auch noch das Gleis! Wie unangenehm!"

Marlene blickte ihre Freundin mitfühlend an: „Ach Sofie! Die Reise war gut und die Fahrt mit der S-Bahn überhaupt nicht schlimm. Ich freue mich nun hier bei dir zu sein."

„Es ist so lange her, seit wir uns das letzte Mal gesehen haben."

Marlene nickte: „Neun Jahre sind es jetzt schon! Das letzte Mal sahen wir uns an Lilis Kommunion."

„Ich weiß. Es ist so schön, dass du da bist!" Sie spielte mit ihren Fingern. „Und Lili freut sich auch sehr. Sie hat einen Kuchen gebacken und den Tisch gedeckt."

„Dann lass uns gehen. Ich habe einen Riesenhunger!",
sagte Marlene, nahm ihren Koffer und beide liefen in
Richtung Ausgang. Nachdem der Koffer in Sofies
Mercedes gepackt war, fuhren sie los in Richtung
Langental.

„Ich habe oft an dich gedacht", begann Sofie im Auto.
„Ich wollte dich immer mal anrufen, habe es dann aber
doch nicht gemacht."

„Ich verstehe dich gut. Mir ging es ebenso. Aber weißt
du, je größer der zeitliche Abstand wurde, desto größer
wurde auch die Hemmschwelle, sich zu melden. Da war
kein böser Wille dabei. Das ist ganz nachvollziehbar.
Wir hatten keinen regelmäßigen Kontakt mehr. Wir
wussten keine Details, nichts, was den anderen im Alltag
bewegte. Und irgendwann war unsere Freundschaft
sprichwörtlich eingeschlafen. Umso schöner, dass wir
uns nun wiedersehen. Und ich habe Zeit, viel Zeit, um
das alles nachzuholen, was wir verpasst haben!"

„Das ist sehr schön." Beide lächelten sich an.

Sofie fuhr das Langental in Richtung Golfplatz hinauf.
Das Bruchsaler Wohngebiet Silberhölle ließen sie hinter
sich. Oben angekommen gab es einige Bauernhäuser,
Höfe und landwirtschaftliche Betriebe. Auf der rechten
Seite der Straße befand sich das Anwesen von Sofies
Familie. Es gehörten ein großes Landhaus und etwa 100

Hektar Land dazu. Das Haus, das 1978 erbaut wurde, verfügte über zwei Stockwerke, einen großen Wintergarten und einen später angefügten moderneren Anbau. Erbaut hatten das Haus Sofies Eltern: Rosa und Theodor Rösch zur Schemme. Theodor war ein erfolgreicher Geschäftsmann gewesen, der in den 70er Jahren sehr viel Geld mit Immobilien rund um Bruchsal verdient hatte. 1984 starb er an einem Herzinfarkt. Rosa war nicht berufstätig gewesen. Sie verwaltete das Geld und widmete sich Sofies Erziehung. Heute war Rosa 73 Jahre alt und litt an Demenz. Sofie kümmerte sich um sie. Ihren erlernten Beruf als Übersetzerin für Englisch und Französisch übte Sofie nicht aus. So wohnten mit Lili drei Generationen in dem großen Haus.

Sofie bog in die breite Hofeinfahrt ein. Da erblickte Marlene einen gutaussehenden jungen Mann, der gerade damit beschäftigt war, vor dem Haus den Rasen zu mähen. Sie fragte Sofie, wer das sei. Diese erklärte, dass das Grundstück zu groß wäre, um es alleine zu bewirtschaften. Deswegen hätten sie einen Gärtner eingestellt. Er war noch nicht lange bei ihnen, erst seit sechs Wochen. Den Gärtner davor mussten sie entlassen, nachdem sie entdeckt hatten, dass er Geld veruntreut und sich bereichert hatte. Die Abrechnungen stimmten nicht mit dem überein, was eingekauft wurde. So wurde der neue, Oliver Hoffmann, eingestellt. Er war ein junger, verheirateter Mann, Anfang 30, kinderlos, der in der Südstadt von Bruchsal lebte. Mehr persönliche Details wusste Sofie nicht über ihn zu berichten. Er machte seine Arbeit gut und war sehr höflich.

Nachdem die beiden Frauen ausgestiegen waren, kam ihnen sofort Oliver Hoffmann entgegen. Zuvorkommend nahm er Marlenes Koffer. Marlene bedankte sich bei ihm. Ihr fiel sofort der markante Klang seiner Stimme auf. Seine Sprachmelodie war irgendwie besonders. Noch bevor sie ins Haus gelangten, kam Lili ihnen entgegengerannt. Sie streckte ihre Hand zur Begrüßung aus: „Hallo Marlene, schön, dass du hier bist!"

„Hier ist Lili", sagte Sofie stolz. Lili war groß gewachsen, hatte einen dynamischen Kurzhaarschnitt, ein sportliches Outfit und Turnschuhe an. Ihre Augen waren hellblau und ihr Lächeln war einnehmend. Selbstbewusst sprach Lili weiter: „Magst du Käsekuchen? Ich habe einen für dich gebacken."

„Ja, das esse ich sehr gerne."

„Dann komm, ich habe alles schon vorbereitet!" Lili drehte sich um und rannte voraus.

Sofie gab Oliver den Auftrag, Marlenes Koffer in den ersten Stock ins Gästezimmer zu tragen. Oliver nickte. Für einen kurzen Moment blickte er sonderbar drein. Dann drehte er sich um und lief ins Haus. Marlene wusste nicht, was Olivers Zögern zu bedeuten hatte. Dann ging sie mit Sofie hinter ihm her.

Im Esszimmer, dessen Einrichtung kühl und wenig einladend wirkte, war der Tisch reich gedeckt. Rosa Rösch zur Schemme thronte am Kopf der Tafel. Als Sofie mit Marlene hereinkam, würdigte sie den Gast keines Blickes. Sie raunte etwas, das keiner richtig verstand.

„Mutter, das ist Marlene", begann Sofie. „Ich habe dir erzählt, dass sie heute kommt. Du kennst sie noch, von früher."

Rosa blickte auf. Dann sagte sie stumpf: „Ich kenne sie nicht. Sie soll gehen!"

„Aber Mutter, du erinnerst dich nur nicht an sie. Du mochtest sie immer gerne. Schau, sie ist …"

„Weg mit ihr!" Nach einer kurzen Pause veränderte sich ihr Gesichtsausdruck. Beschwörend fügte sie hinzu: „Sie hat es sich genommen, ich weiß es! Sie hat es genommen!"

Sofie errötete. Peinlich berührt flüsterte sie: „Entschuldige bitte, Marlene. Sie erinnert sich nicht mehr an dich. Es ist alles sehr schwierig geworden. Ich weiß manchmal nicht, wovon sie spricht." Mit voller Stimme sprach sie liebevoll weiter: „Aber Mutter, sie wird jetzt noch nicht gehen. Sie bleibt für zwei Wochen hier bei uns. Du wirst dich daran gewöhnen, sicher." Dann strich sie ihr zärtlich über den Kopf. Alle schauten Rosa an, doch Rosas Blick verdunkelte sich. Sie stierte apathisch vor sich hin und schien nicht mehr ansprechbar zu sein. Sofie schüttelte langsam den Kopf. „Sie hat ihre wachen Momente und dann, plötzlich, erkennt sie niemanden mehr. Dann spricht sie manchmal über Dinge, die lange zurück liegen. Manchmal phantasiert sie. Ganz oft spricht sie mich mit `Mutter´ an oder sie sucht Theodor, obwohl dieser schon vor Jahren verstorben ist. Es ist furchtbar mit anzusehen."

Marlene nahm Sofies Hand. „Ich kann das sehr gut nachempfinden, es ist traurig, was ihr durchmachen müsst. Und es gibt keinen Weg zurück ins frühere Leben. Bei Demenzkranken braucht man viel Stärke und Kraft."

Lili nahm einen Stuhl in die Hand und sagte: „Wenn wir schon von Stärke und Kraft reden. Hier sitzt du. Ich sitze daneben. Dann essen wir Kuchen."

Marlene nahm dankend an. „Du bist eine erwachsene Frau geworden. Und eine attraktive noch dazu!"

„Danke. Ich wollte immer so sein wie du. So gebildet, nett und warmherzig. Ich habe so schöne Erinnerungen an dich, weißt du das? Mama sagte, dass du immer alles gemacht hast, was du dir vorgenommen hattest. Du hast das getan, was du wolltest und was richtig war für dich." Dann schaute sie Sofie herausfordernd an. Betont fuhr sie fort: „Du hast Bruchsal hinter dir gelassen und bist nach Berlin gezogen, hast was aus dir gemacht! Du hattest eine Vision von deinem Leben und hast diese in die Tat umgesetzt."

„Bist du denn nicht zufrieden mit deinem bisherigen Leben?", fragte Marlene.

Lili blickte wieder Sofie an. „Doch sicher. Aber ich will auch etwas erleben. Hier auf dem Land lebe ich wie eingesperrt in einem goldenen Käfig. Ich will raus und etwas sehen von der Welt. Auf keinen Fall bleibe ich hier wie Mama."

„Aber mir geht es gut, Lili, ich habe hier ein erfülltes Leben", sagte Sofie, während sie sich nervös über den Hals strich.

„Es ist ganz still hier. Und du machst nichts! Du lebst nur noch, um Oma zu pflegen und …"

„Lili!", unterbrach sie Sofie. „Es ist gut. Bitte." Eine peinliche Pause entstand.

„Du hast morgen Geburtstag und es gibt eine Feier?", versuchte Marlene das Gespräch in eine andere Richtung zu lenken. Lili bejahte. Zur Feier würden auch einige ihrer Freunde kommen. Darauf freute sie sich sehr. Da fiel ihr ein, dass heute am frühen Abend ihr Kurs von der Volkshochschule `Impro-Theater´ stattfinden würde. Sie schlug vor, dass Marlene mit ihr kommen könnte. Das würde ihr bestimmt gefallen. Dann würde sie auch gleich ihre engsten Freunde kennenlernen.

„Aber Lili", warf Sofie ein, „Marlene ist doch gerade erst angekommen. Bestimmt wird sie sich erst einmal entspannen wollen."

Eindringlich bat Lili: „Mama, ich hätte es wirklich gerne. Es ist ein toller Kurs. Zusehen würde ihr bestimmt Spaß machen. Das ist total lustig!"

Marlene überlegte. Dann versprach sie Lili, mitzugehen. Zuvor wollte sie aber noch ein bisschen Zeit mit Sofie verbringen. Lili freute sich sehr. Sie stand sofort auf und nahm ihren Teller mit einem Stückchen Kuchen in die Hand: „Ich lasse euch jetzt alleine. Wir sehen uns später. Ich muss noch Melina anrufen. Bis dann!" Munter sprang sie aus dem Zimmer.

Sofie blickte liebevoll zu Rosa. Diese starrte immer noch vor sich hin. „Woran sie wohl jetzt gerade denkt?", fragte Sofie resigniert.

„Das weiß man nicht. Vielleicht träumt sie gerade von der Vergangenheit."

„Ja, vielleicht."

„Seit wann ist sie dement?"

„Seit drei Jahren wissen wir es."

Es wurde still. Marlene blickte sich im Esszimmer um. Dann stand sie auf und lief zum Fenster. Draußen war Oliver gerade bei der Arbeit. Sie winkte ihm zu, als er sie im Fenster erblickte. Dann drehte sie sich wieder Sofie zu: „Es hat sich nichts verändert, seitdem ich das letzte Mal hier war. Es schaut alles so aus, wie es immer war. Sogar die Vase mit den Stoffblumen steht immer noch dort in der Ecke und auf dem alten Bücherregal sitzt unverändert diese Figur aus Mexiko, die dein Vater einmal von einer Urlaubsreise mitgebracht hatte. Alles ist irgendwie stehen geblieben." Sie schaute Sofie an, die sich im Zimmer umsah.

„Du hast recht", gab Sofie kleinlaut zu, „es hat sich hier nichts verändert. Und schau, auch ich bin hiergeblieben … In meinem Leben hat sich in den letzten Jahren nichts bewegt. Ich habe meinen Beruf nie ausgeübt, sondern bin immer noch hier und pflege meine kranke Mutter."

„Wolltest du nicht auch selbstständig sein? Auf eigenen Beinen stehen und selbst entscheiden, was du tun möchtest?"

Sofie starrte ins Leere.

„Ich fand es großartig, dass du dich damals von Markus hast scheiden lassen. Das war eine ungeheure Leistung! Diese lieblose Ehe, die nur geschlossen wurde, weil du von ihm schwanger warst. Ich weiß, wie viel Kraft es dich gekostet haben muss, gegen deine Mutter diese Entscheidung zu treffen und in die Tat umzusetzen. Es war richtig!"

„Mutter war dagegen. Sie sagte, dass ich nie jemand anderen bekommen würde."

„Dieser Typ, Markus! Ja, er ist der Vater von Lili, aber er hatte sich als totaler Vollidiot entpuppt! Er hatte dich nach Strich und Faden belogen und vielleicht auch betrogen, wer weiß? Es war wichtig, dass du den Schlussstrich gezogen hast."

„Mutter sagte, sie würde mich enterben."

„Und? Hat sie es getan?"

Sofie schüttelte den Kopf.

„Siehst du."

Sofie blickte zu Rosa. Von ihrem Gespräch verstand Rosa nichts. Was machte diese Krankheit nur aus den Menschen?

„Sie war immer sehr dominant, deine Mutter", begann Marlene von Neuem. „Sie wollte immer entscheiden, was richtig war und was nicht. Bitte Sofie, widersprich mir, wenn ich falsch liege. Sie bestimmte über dich und deine Gedanken. Sie wusste, wie sie dich kriegen konnte und du hast ihr aus der Hand gefressen. Du warst fremdbestimmt, von ihr gelenkt."

Sofie schaute mit feuchten Augen auf: „Ja?"

„Ja!"

Sofie zupfte an ihrem Kleid. Unsicher sprach sie: „Ich bin mir nicht sicher. Vielleicht bin ich so geworden. Mit der Zeit. Früher war ich nicht so oder?"

2

Kurz vor halb sieben standen Marlene und Lili vor dem Bruchsaler Bürgerzentrum. Der Impro-Theater-Kurs der Volkshochschule sollte um halb beginnen.

„Wie bist du denn auf den Kurs gekommen?", fragte Marlene, während sie unten auf die anderen warteten.

Lili erzählte leidenschaftlich, dass sie schon immer Theater spielen wollte. Es war ihr großer Traum, einmal auf einer Bühne zu stehen. Dann, eines Tages nach einer Unterrichtseinheit `Darstellendes Spiel´, sprach sie ihr Deutschlehrer Herr Oppendoler an. Sie sei begabt, sagte er. Er würde einen Kurs an der Volkshochschule geben und glaubte, dass sie gut dafür geeignet sei. Lili wollte unbedingt an dem Kurs teilnehmen. Sie nahm ihre beste Freundin Melina mit. Und seitdem hatten sie viel Freude am Spielen und Improvisieren. Herr Oppendoler war fachlich sehr gut, meinte Lili. Er hatte vor seinem Lehrerberuf ein Schauspielstudium begonnen, aber nicht beendet. Jedenfalls wusste er genau, wie er mit allen zu arbeiten hatte. Er holte aus jedem Unglaubliches heraus. Marlenes Neugier auf den Kurs war geweckt.

Dann wurde Lili für einen Moment nachdenklich: „Es ist eigentlich unfassbar. Darf ich dir etwas erzählen? Du darfst es aber niemandem verraten!" Sie hielt plötzlich inne. „Nein, besser doch nicht. Ich werde es ansprechen müssen, dann werden wir sehen …"

In dem Moment kam ein Mädchen um die Ecke. Sie ging freudestrahlend auf die beiden zu. Lili stellte sie als Melina, ihre beste Freundin vor. Sie war vor einem Monat 18 Jahre alt geworden, sah aber bedeutend jünger aus. Beide waren seit der fünften Klasse miteinander befreundet. Marlene fühlte sich automatisch an sich und Sofie erinnert. Wie sich die Geschichten wiederholen, dachte sie. Melina machte einen sehr zurückhaltenden Eindruck. Sie lächelte höflich, während Lili von ihrer Freundschaft erzählte.

Kurz darauf gesellte sich ein Pärchen zu ihnen. Lili stellte sie als Luca und Sonja vor. Beide waren frisch verliebt, was man unschwer erkennen konnte. Sie hielten Händchen, gaben sich in regelmäßigen Abständen Küsschen und tauschten immer wieder Zärtlichkeiten aus. Luca war 29 Jahre alt. Er hatte ein ungewohnt reifes Gesicht mit einem durchdringenden Blick. Sonja war erst Anfang 20 und bildhübsch.

Als letztes kam Fabian. Er war auch Anfang 20, gutaussehend mit einem markanten Gesicht. Wenn er lächelte bekam er etwas Verschmitztes und Verspieltes. Er gab jedem zur Begrüßung ein Küsschen auf die Wange. Melina strahlte ihn an. Während er sie umarmte, schloss sie für einen kurzen Moment die Augen.

Marlene wurde allen stolz als Lieblingstante vorgestellt, die eigens zu Lilis Geburtstagsfeier aus Berlin angereist war. Marlene fühlte sich wohl. Es waren interessante junge Leute, dachte sie. Ein spannendes Umfeld, mit dem Lili sich umgab.

„Jetzt sind wir vollzählig, lasst uns hochgehen!", sagte Lili. Die Gruppe stieg in den zweiten Stock hinauf. Herr Oppendoler wartete bereits in einem großen Übungsraum.

Nachdem Marlene vorgestellt wurde, begannen sie mit einem umfassenden Warm-up. Die Körper wurden gedehnt, massiert und aufgewärmt. Später wurden verschiedenste Stimmübungen gemacht. Abschließend führte Herr Oppendoler eine stille Konzentrationsübung durch. Der Kurs war so aufgebaut, dass zuerst Partnerimprovisationen gespielt wurden. Entweder wurde ein Ort, an dem die Szene spielen sollte, oder eine Tätigkeit vorgegeben. Dann sollten die Paare losspielen und eine kurze Szene improvisieren. Wichtig war, dass allen Spielimpulsen gefolgt und nichts blockiert wurde. Dies war das oberste Gebot beim Impro-Theater.

Luca und Sonja schienen unzertrennlich zu sein. Sie ließ es nicht zu, dass eine andere mit ihm zusammenspielen durfte. Lili flüsterte Marlene zu, dass es fast unerträglich sei. Sie könne es nicht verstehen, wie Luca mit ihr zusammen sein konnte. Sonja sei eifersüchtig auf jeden und würde total klammern. „Sie ist noch jung", flüsterte Marlene. „Und er ist ein attraktiver Mann."

Jeder der Gruppe durfte mindestens einmal spielen. Danach wurde genau analysiert, was gut geraten war und wo man die Impulse noch mehr hätte aufnehmen müssen. Marlene beobachtete die Einzelnen genau. Es war sehr interessant und aufschlussreich. In jeder Gruppe gab es jemanden, der die Führung übernahm und die Initiative ergriff. Und es gab andere, die sich unterordneten und sich führen ließen. Das war in den Spielen sichtbar und auch im Miteinander. Melina, Lilis beste Freundin, wirkte am unscheinbarsten. Sie war sehr zurückhaltend und lächelte meist schüchtern. Sie suchte die Nähe zu Fabian, der sich aber, so wie es sich Marlene darstellte, nicht viel aus ihr machte. Fabian tat alles, was man ihm sagte. Luca und Sonja beschäftigten sich nur mit sich selbst und blieben eher passiv. Lili war es, die die Mitte bildete. Sie war die impulsgebende Kraft. Aktiv beteiligte sie sich an den Reflektionen und gab auch in den Szenen meist vor, wie und was gespielt werden sollte.

Abschließend wurde eine Gruppenimprovisation durchgeführt, in der alle Teilnehmer spielen sollten. Es war die schwierigste Übung an dem Abend, da alle ungemein sensibel und wach reagieren mussten. Es funktionierte nur bedingt. Herr Oppendoler meinte, dass sie noch einmal daran arbeiten sollten. Der Kurs wurde beendet. Nachdem alle noch einen Moment zusammengestanden und über den Kurs gesprochen hatten, verabschiedeten sich die einzelnen Teilnehmer nach und nach, und jeder sagte etwas im Hinausgehen, wie: `Bis morgen, Lili!´ oder `Ich freue mich auf deine Geburtstagsparty!´.

Lili bat Marlene, noch einen Moment zu warten. Sie ging zu Herrn Oppendoler, der in der hinteren Ecke stand und sich Notizen machte. Marlene konnte nicht hören, was Lili mit ihm sprach. Sie stutze jedoch etwas, als sich seine Haltung plötzlich versteifte. Wie gelähmt stand er da, während Lili auf ihn einredete. Sein Gesichtsausdruck verzerrte sich. Dann drehte sie sich um, schritt zur Tür und meinte zu Marlene, dass sie nun gehen könnten. Draußen vor dem Bürgerzentrum fragte Marlene, ob alles in Ordnung sei? Lili antwortete: „Nicht alles ist gut. Wir werden sehen …"

Am nächsten Tag war Lilis Geburtstag. Abgesehen von dem ausgedehnten Frühstück im Kreis der Familie, war der Vormittag eher ruhig verlaufen. Es riefen ein paar Bekannte an, die Lili gratulierten. Lili war nicht der wilde Party-Typ, wie man es vielleicht auf den ersten Blick erwarten mochte. Im Gegensatz zu ihren Klassenkameradinnen wollte sie keine Riesenparty mit vielen Gästen, mit lauter Musik und Tanz. Sie war der Typ, der sich gerne im kleinen Kreis angeregt unterhielt oder Spiele spielte. Sie hatte nicht so viele Bekannte wie andere, sondern einige wenige, enge Freunde. Mit ihnen war sie sehr verbunden und diese sollten auch zu ihrem Geburtstag kommen.

Jetzt waren sie und Marlene gerade dabei, im Wintergarten den Kaffeetisch zu decken. Die großen Fensterflächen waren mit orangefarbenen Sonnensegeln abgedeckt, die genügend Schatten spendeten. Marlene wollte wissen, wen sie zur Feier eingeladen hatte. Lili erklärte, dass es nur die wenigen Freunde waren, die sie am Vortag beim Impro-Kurs kennengelernt hatte. Und außer Melina wollte sie aus der Schule niemanden einladen. Die anderen aus ihrem Jahrgang seien unreif und schrecklich oberflächlich. Marlene lachte. Ihr war es damals auch so ähnlich ergangen. Sie hatte immer Interesse an den älteren Mitschülern gehabt. Die Gleichaltrigen waren ihr irgendwie zu kindisch gewesen.

„Ich mache mir Sorgen um Melina", warf Lili nach einer Pause ein, während sie das Besteck neben die Teller legte.

Marlene schaute sie an: „Warum denn?"

„Sie schwärmte vorhin am Telefon von Fabian. `Ist er nicht süß?´, sagte sie. Man konnte es an ihrer Stimme hören, wie sehr sie aufgeregt war. Ich verstehe das nicht. Die beiden kennen sich seit Langem. Aber jetzt, plötzlich, hat sich bei ihr etwas verändert. Sie wird immer nervös, wenn sie in seiner Nähe ist und kann ihre Augen nicht mehr von ihm lassen."

„Das klingt doch schön oder?"

„Naja, ich denke nicht, dass er genauso empfindet, wie sie. Ich glaube, für ihn ist sie nur eine Freundin."

Marlene zuckte mit den Achseln: „Aber was noch nicht ist, kann sich ja noch entwickeln. Wer weiß, was die Zukunft bringt."

Lili blickte auf. „Vielleicht. Aber ich glaube nicht daran." Dann lächelte sie und begann eine Melodie zu summen.

Es klingelte an der Tür. Lili legte das Besteck ab und verließ den Wintergarten. Kurze Zeit später kam sie mit Melina herein. Diese gratulierte Lili nochmals und sagte, dass sie ihr Geschenk erst später bekommen würde. Es sei ein Gemeinschaftsgeschenk von allen aus der Impro-Gruppe. Lili war sehr gespannt. Sie erzählte Melina von Marlenes Geschenk. Eine Woche lang dürfe sie nach Berlin kommen und alles anschauen, worauf sie Lust hatte. Darauf freute sie sich sehr.

Wieder klingelte es und wieder verließ Lili den Wintergarten. Melina lächelte Marlene stumm und etwas unbeholfen an. Draußen konnte man Fabians Stimme hören. Melina schaute kurz an sich herunter, zupfte ihr Kleid zurecht und räusperte sich. Dann kam Lili mit Fabian herein. Er begrüßte Marlene und erklärte Lili, dass das Geschenk später folgen würde. Melina trat an ihn heran. Sie sagte: „Hallo". Ihre Stimme klang noch heller als sonst. Fabian antwortete kurz und trocken: „Hi". Dann wandte er sich wieder Lili zu. Er begann zu erzählen, dass er heute Vormittag im Fitnessstudio an einem Bauch-Beine-Po-Kurs teilgenommen hatte. Er hatte überhaupt das erste Mal an solch einem Kurs teilgenommen. Normalerweise würde er nur Krafttraining machen, was man auch an seiner Figur sehen konnte. Er grinste breit übers ganze Gesicht, als er mit seiner Geschichte fortfuhr: „Es waren nur ältere, übergewichtige Frauen über 50 Jahren dort. Ich war der einzige junge Mann. Wie peinlich war das denn?"

„Ich finde es toll, dass du dort warst!", sagte Melina bewundernd.

Lili sah Melina verständnislos an.

„Ja, es war eine verlorene Wette!", prustete Fabian. „Da gehe ich nicht mehr hin!"

Lili stimmte in das Lachen mit ein.

„Wie gemein!", murmelte Melina.

Dann kam Sofie mit zwei Kuchen herein. Sie bat Marlene, noch den dritten aus der Küche zu holen. Der Kaffee war auch schon fertiggekocht und musste nur noch hereingebracht werden. Marlene nickte und verließ das Zimmer. Sofie begrüßte die beiden Gäste und bat sie, Platz zu nehmen. „Es fehlen noch Luca und Sonja", bemerkte Lili. Dann fragte sie: „Was ist mit Oma?" Für Rosa war die Feier zu aufregend, meinte Sofie. Sie saß in ihrem Zimmer in ihrem Sessel und hörte ihre

Lieblingsmusik. Sofie würde regelmäßig nach ihr schauen.

Es klingelte. Lili ging zur Tür und kam mit Luca und Sonja wieder herein. „Jetzt sind wir vollzählig", sagte sie. Luca nahm Lili innig in den Arm. „Alles Liebe zu deinem Geburtstag", flüsterte er, während er sie hielt. Dann löste er die Umarmung und erklärte: „Ich habe die Ehre, dir das Geschenk von uns allen zu überreichen. Also, wir haben uns gedacht, dass dir alles Materielle zum Hinstellen und Besitzen wahrscheinlich nicht so wichtig ist. Du hast alles, was du brauchst. Außer ein Auto vielleicht", er lachte, „aber das bekommst du von uns heute nicht. Da dachten wir, wir schenken dir ein besonderes Erlebnis. Du wolltest immer nach Paris. Das hast du uns schon oft erzählt. Und deshalb bekommst du von uns ein Komplettpaket mit An- und Abreise, Hotel, einem Theatereintritt und einem Museumsbesuch in der Stadt der Liebe, in Paris."

Lili klatschte vor Freude in die Hände, als ihr Luca einen Gutschein überreichte. „Ihr seid ja wahnsinnig!", schrie sie. „Ich freue mich total, ihr seid unglaublich!" Wieder umarmte sie Luca. Alle strahlten und alle umarmten sich nacheinander. Die Überraschung war gelungen.

Anschließend setzten sie sich an den Tisch. Es herrschte eine angenehme Stille, während sie Kuchen aßen und Kaffee tranken.

Dann erinnerte sich Luca an seinen 18. Geburtstag. Er begann: „Es war ein warmer Herbsttag. Ich erinnere mich genau. Ich wohnte damals noch in einem kleinen Dorf in der Nähe von München." Er winkte ab. „Den Namen habe ich aus meinem Gedächtnis gestrichen, ist auch nicht so wichtig. Jedenfalls ging ich zusammen mit meinem Bruder auf eine Bergkuppe, von wo aus man einen unglaublichen Blick über das Tal und auf das Dorf hatte. Wir tranken Bier und sahen uns den Sonnenuntergang an. Es war wunderbar. Das war mein schönster Geburtstag. Wir träumten davon, was das Leben uns einmal bringen würde."

Sonja nahm Lucas Hand. Dieser schaute aber Lili in die Augen und sprach weiter: „Und siehe da. Nun sind wir alle hier zusammen. Es hat sich alles zum Guten gewendet, mein Leben ist schön. Alles ist gut."

Sonja gab Luca einen Kuss auf die Wange. Lili und Luca lächelten sich zu.

Es klingelte. Überrascht fragte Sofie: „Erwartest du noch jemand?"

Lili verneinte. Alle geladenen Gäste waren schon da. Marlene stand auf und bot sich an, zu schauen, wer geklingelt hatte. Wenige Augenblicke später öffnete sie die Tür. Sie sagte freudig erstaunt: „Herr Oppendoler, was für eine Überraschung! Lili wird sich aber freuen! Kommen Sie doch herein!"

Herr Oppendoler blieb vor der Tür stehen und meinte: „Ich wollte nicht stören, nur ein kleines Präsent für Lili abgeben." Er streckte ihr ein kleines Geschenk entgegen.

„Nein, bitte, kommen Sie herein. Wir haben genug Kaffee und Kuchen. Ihr ganzer Kurs ist hier. Nun kommen Sie schon!"

Herr Oppendoler nickte leicht und folgte Marlene. „Nun schaut mal, wer gekommen ist!", präsentierte sie ihn.

Als die Gruppe ihn erblickte, erhellten sich ihre Gesichter. Lili blickte erstaunt auf ihn, stand auf und begrüßte ihn höflich. Sie bot ihm einen freien Platz am Tisch an. Marlene holte noch ein weiteres Gedeck. Bevor er sich setzte, überreichte er ihr sein Geschenk. „Bitte schön, ich hoffe es gefällt dir", sagte er freundlich. Sie zögerte kurz, dann löste sie die Schleife und packte das Geschenk aus. Es war ein Buch mit dem Titel: `La Vie Parisienne´ Es war ein Fremdenführer über Paris. „Ich wusste von Luca, dass du bald nach Paris fahren wirst. Da dachte ich, es passt gut dazu."

„Das ist sehr freundlich von Ihnen. Wirklich, ich freue mich sehr", bedankte sich Lili.

Dann legte sie das Geschenk beiseite und setzte sich wieder an ihren Platz. Marlene, die neben Herrn Oppendoler saß, begann mit ihm ein Gespräch über die Theater- und Kunstszene in Berlin. Die Übrigen sprachen jeweils mit ihrem Tischnachbarn und bald entstand ein angeregtes Miteinander.

Sofie hörte still den Gesprächen zu. Sie blickte von einem zum anderen. Dann dachte sie an Lili und lächelte. Nun war ihr Kind 18 Jahre alt und bald begann sie ihr eigenes Leben. Sie fragte sich, wohin es sie wohl führen würde? Wen würde sie lieben und heiraten? Würde sie selbst einmal Mutter sein und etwas von sich weitergeben dürfen? Fragen, die sie nicht beantworten konnte. Die Zeit würde es mit sich bringen. Unweigerlich kam ihr auch die Frage in den Sinn, ob sie alles richtig gemacht hatte und sie gestand sich ein, sicherlich Fehler gemacht zu haben. Grundsätzlich aber hatte sie ihr all ihre Liebe gegeben und versucht den Grundstein für ein selbstbestimmtes Leben zu legen. Sie nickte leicht. Damit war sie sehr zufrieden.

Nach dem Kaffee und Kuchen stand Herr Oppendoler auf und verabschiedete sich. Er wollte nicht länger die Feier stören. Zuvor musste er aber dringend noch auf die Toilette gehen. Sofie ging mit ihm in den Flur und zeigte auf eine bestimmte Tür. Er bedankte sich. Sie ging wieder zurück zu den anderen.

„Ist das nicht eine Überraschung?", bemerkte Luca.

Melina nickte: „Er ist noch nie auf einem Geburtstag von einem von uns gewesen."

„Er ist ein engagierter Lehrer", sagte Sofie. „Ich finde es sehr aufmerksam von ihm, hier her zu kommen oder? Wenn man 18 Jahre alt wird, dann ist das etwas Besonderes."

Das Kaffeetrinken war beendet. Sofie begann den Tisch abzuräumen. Marlene half ihr. Lili meinte zu ihren Freunden, dass sie nun in ihr Zimmer gehen wollten. Dort hatte sie Getränke, Knabberzeug und Spiele vorbereitet. Die Gruppe erhob sich. In dem Moment kam Herr Oppendoler wieder zurück. Er verabschiedete sich von allen und verließ das Haus.

Lili ging allen voran. Ihr Zimmer befand sich im Parterre. Als alle Freunde drin waren, schloss sie die Tür.

Sofie und Marlene wollten es sich im Wintergarten gemütlich machen und die Abendsonne genießen. Sofie entschied, Rosa aus ihrem Zimmer holen. Sie war schon lange alleine gewesen und würde sich bestimmt freuen, in Ruhe bei ihnen sitzen zu dürfen. Sogleich ging sie nach oben. Etwa zehn Minuten später führte sie Rosa am Arm herein und setzte sie in einen Sessel, den Marlene aus dem Wohnzimmer herübergeschoben hatte.

Rosa sei in einer schlechten Verfassung, meinte Sofie. Sie hatte sie nicht erkannt und nicht auf sie reagiert. Nur mit Mühe gelang es ihr, sie in den Wintergarten zu führen. Beide schauten Rosa an. Da hob Rosa ihren Blick und befahl mit schwacher Stimme: „Maria, poliere das Silber! Und danach bügelst du die Wäsche!" Dann verstummte sie wieder.

Sofie seufzte traurig. Sie erkannte ihre Mutter nicht wieder. Vital und stark war sie einst gewesen und nun war sie nur noch ein Schatten ihrer selbst. Alles, was in der Gegenwart geschah, konnte Rosa nicht mehr verarbeiten. Sie lebte in der Vergangenheit. Nur lang zurückliegende Erinnerungen konnte sie lebendig halten. Sie hatten tatsächlich einmal eine Haushaltshilfe namens Maria gehabt, erklärte Sofie. Sie überlegte. Manchmal würde in Rosa eine Erinnerung aufblitzen. Dann sprach sie klar und deutlich. Manchmal aber schien es sich nur um ein unbestimmtes Gefühl oder einen Zustand zu handeln, dann schien sie Angst und Panik zu haben oder sie weinte plötzlich. Des Öfteren ergaben die Worte, die Rosa sprach, keinen Sinn.

Sofie streichelte Rosa. Rosa reagierte nicht darauf.

Es entstand eine Pause. Sofie und Marlene schauten nachdenklich ins Leere. Dann hatte Sofie eine Idee. Sie besaß mehrere Fotobücher und eine Kiste mit einzelnen Bildern, die sie mit Marlene anschauen wollte.

Gemeinsam könnten sie in Erinnerungen schwelgen. Marlene bejahte freudig und holte, während Sofie die Fotos suchte, eine Flasche Rotwein und zwei Gläser aus der Küche.

Wenig später saßen sie zusammen, tranken Wein und erinnerten sich, schmunzelten, lachten und sinnierten über die gemeinsam verbrachte Zeit.

Die Stunden vergingen. Die Fotos waren längst alle durchforstet und angeschaut. Sofie und Marlene erzählten sich Geschichten und Anekdoten aus der Schul- und Studienzeit. Es war ein schöner, ausgelassener und irgendwie feierlicher Moment. Beide spürten eine Nähe, als ob es keine Jahre der Abwesenheit gegeben hätte. Sie waren sich sicher, dass ihre Freundschaft weiterhin bestehen würde, trotz der räumlichen Trennung. So weit wollten sie es auf jeden Fall nicht mehr kommen lassen.

Später am Abend, gegen 21 Uhr, kam Fabian zu ihnen in den Wintergarten. Er fragte, ob Lili bei ihnen sei. Sofie und Marlene schauten sich an. Lili war nicht bei ihnen. Sie hatten sie seit dem Kaffeetrinken nicht mehr gesehen. Bestimmt war sie irgendwo im Haus und suchte etwas. Fabian nickte und ging wieder zurück zu den anderen.

Sofie und Marlene plauderten weiter. Rosa richtete sich plötzlich auf und stöhnte: „Es tut mir so leid. Verzeih mir! Ich bin schuld an allem!"

„Ist schon gut", besänftigte Sofie ihre Mutter. „Alles ist gut. Du brauchst dir keine Sorgen zu machen." Sie legte die Hand auf ihren Kopf. Rosa beruhigte sich wieder und fiel in sich zusammen. Wie ein Häufchen Elend saß sie in ihrem Sessel. Sofie starrte vor sich hin. Dann wurde das Gespräch ernster. Sofie erzählte beschämt von ihrer Beziehung zu Rosa. Marlene kannte Rosa noch gut aus ihrer Zeit als Schülerin. Damals ging sie hier ein und aus. Sie wusste, wie schwierig es für Sofie gewesen war, als Tochter gesehen und gehört zu werden. Rosa war eine sehr starke, kühle und berechnende Frau gewesen. Sofie musste das tun, was Rosa anordnete. Eigene Wünsche und Träume musste sie hinten anstellen. Das beeinträchtigte Sofies Selbstbewusstsein. Eigenes Denken oder eigene Entscheidungen treffen war nicht erwünscht. Sie agierte als Rosas Marionette. Es war Marlene fast unverständlich, warum Sofie Rosa nun so liebevoll pflegte. Vielleicht wollte sie jetzt von ihr die gebührende Anerkennung bekommen oder einfach nur gesehen werden? Diesen Wunsch würde sie wohl nicht mehr erfüllt bekommen, dachte Marlene. Sofies seelischer Zustand war vielleicht auch ein Grund dafür, warum sie sich miteinander befreundet hatten. Marlene konnte damals schon gut nachfühlen, was Sofie durchmachen musste, denn sie hatte einen ebenso dominanten Vater gehabt. Er war nicht so extrem wie Rosa, doch litt auch sie unter seiner Härte.

Es klopfte an der Tür. Wieder kam Fabian herein. Diesmal mit den anderen zusammen. Er fragte wiederholt nach Lili. „Sie ist jetzt schon über eine Stunde weg. Wir machen uns langsam Sorgen."

„Wieso Sorgen? Was ist denn geschehen?", wollte Sofie beunruhigt wissen.

„Wir saßen alle zusammen", begann Luca zu berichten, „und haben getrunken und erzählt. Dann ist sie aufgestanden, lachte verschmitzt und sagte, dass sie gleich wieder da sei. Sie ging aus dem Zimmer. Seitdem haben wir sie nicht wiedergesehen. Wir haben versucht, sie über Handy zu erreichen, aber sie nimmt nicht ab."

„Wir sind total beunruhigt. Vielleicht ist ihr etwas zugestoßen!", warf Melina mit bebender Stimme ein.

„Sie wird bestimmt irgendwo sein", sagte Marlene beruhigend. „Es gibt wahrscheinlich eine einfache Erklärung für ihre Abwesenheit." Sie legte ihre auf Sofies Hand.

„Aber wo sollte sie sein?", fragte Sonja.

Marlene überlegte. „Vielleicht suchen wir sie alle zusammen? Sofie und ich könnten im Haus nach ihr sehen und ihr könntet draußen nach ihr Ausschau halten. Vielleicht wollte sie etwas von draußen hereinholen und hat jemanden getroffen und hat einfach im Gespräch die Zeit vergessen?"

Alle sahen sich an. Es war ein Plan, den sie nun hatten. Jeder machte sich auf den Weg. Von da an hörte man überall Lilis Namen rufen. Marlene wollte im oberen Stock nachschauen. Sie lief die Treppe hinauf und öffnete jede Tür. Doch Lili war nirgends zu finden. Sie überlegte kurz und ging dann in den Speicher. Vielleicht wollte Lili dort etwas holen. Ein altes Spiel vielleicht, und sie verweilte dort, weil sie ihren Erinnerungen an ihre Kindheit nachhing? Doch auch dort war Lili nicht. Beunruhigt rannte sie die Treppe hinunter. Sofie wollte im Parterre nach ihr suchen. Doch auch sie schien nicht fündig geworden zu sein. Als sie sich im Flur wieder trafen, blickten sie sich ratlos an. Sie liefen schnell in den Garten. Die Gruppe suchte noch immer. „Lili müsste doch jetzt auftauchen", meinte Sofie unsicher zu Marlene. „Wenn alle laut ihren Namen rufen, muss sie das doch hören?" Etwa zwanzig Minuten später kam die Gruppe wieder zusammen. Fabian hechelte, er war einen Großteil des Grundstücks abgelaufen. Bis zum alten Schuppen war er gerannt. Von Lili gab es keine Spur. Melina fing an zu weinen. Sie hatte schreckliche Angst. Es war untypisch von Lili, sich so zu verhalten. Sie hätte bestimmt einem aus der Gruppe etwas verraten, wenn sie vorgehabt hätte, die Feier zu verlassen. Stille herrschte und Ratlosigkeit sah man in den Gesichtern. Wenn Lili das Haus und das Anwesen verlassen hatte, welchen Grund konnte sie dafür gehabt haben?

Fabian versuchte, sie erneut über Handy anzurufen. Aber Lili nahm noch immer nicht ab.

Melina schluchzte leise. Dann stellten sie sich in einen Kreis und nahmen sich an die Hand. Oft hatten sie so ihren Impro-Kurs beendet. Sie sahen sich an und nickten leicht. Marlene ergriff das Wort und schlug vor, einen kühlen Kopf zu bewahren und abzuwarten, bis sie wieder von selbst auftauchen würde. „Habt lieben Dank für Eure Mithilfe. Bitte geht jetzt nach Hause. Sobald sie aufgetaucht ist, werde ich euch Bescheid geben. Sofie, holst du mir bitte ein Blatt Papier und einen Stift aus dem Haus?" Sofie nickte und rannte hinein. Wenig später kam sie mit einem Notizbuch und einem Kugelschreiber wieder heraus. Marlene notierte sich nacheinander alle Handynummern. Dann verließ die Gruppe das Anwesen.

Marlene und Sofie standen noch eine halbe Stunde stumm vor dem Haus. Dabei nahm Marlene Sofie in den Arm. Sofie hoffte, dass Lili jeden Moment nach Hause kommen würde. Doch ihre Hoffnung blieb unerfüllt.

„Komm, wir gehen wieder hinein", sagte Marlene liebevoll.

Sofie flüsterte: „Es wird ihr doch nichts passiert sein?"

„Ich weiß es nicht." Marlene strich ihr über die Schulter. „Ich weiß es nicht."

3

Marlene hörte ein Geräusch. Sie öffnete die Augen. Das grelle Licht, das durch das Fenster fiel, blendete sie. Schläfrig drehte sie sich um und schaute auf die Uhr. Es war acht Uhr morgens. Sofort kam ihr Lili in den Sinn. Und sofort war sie hellwach. Vielleicht war Lili gestern Nacht noch nach Hause gekommen? Schnell zog sie sich etwas an. Sie lief die Treppe hinunter. Das Klappern, das sie gehört hatte, musste von Sofie kommen. Sie war bestimmt schon wach. In der Küche war sie nicht. Auch im Ess- und Wohnbereich konnte sie Sofie nicht finden. Langsam öffnete sie die Tür zu Lilis Zimmer. Dort saß Sofie auf dem Bett. Sie hatte ein Kuscheltier im Arm und tränennasse Augen. Marlene setzte sich neben sie. „Sie ist nicht nach Hause gekommen", flüsterte Sofie.

Marlene nickte. Sie nahm ihre Hand. „Wir müssen abwarten. Vielleicht kommt sie heute." Fieberhaft dachte Marlene nach. „Hatte sie einen Freund, bei dem sie übernachtet haben könnte?"

Sofie schüttelte den Kopf. Sie wusste nichts von einem Freund. Dann begann sie zu weinen. Mit tränenerstickter Stimme sprach sie: „Ich kann das nicht noch einmal durchmachen! Verstehst du? Ich schaffe das nicht!"

Marlene verstand nicht: „Was noch einmal durchmachen? Was meinst du damit?"

„Ich stehe das nicht durch!"

„Bitte, sag mir, wovon redest du?"

Sofie sah Marlene an. Langsam und mit ganz leiser Stimme begann sie: „Ich war 14 Jahre alt. Damals kannten wir uns noch nicht. Du bist erst später an unsere Schule gekommen. Da hatte ich einen Freund. Er hieß Manuel. Ich war jung und unsicher. Manuel war vier Jahre älter. Er bedrängte mich, ich solle mit ihm schlafen. Ich wusste nicht, wie ich darauf reagieren sollte. Ich wollte das nicht, aber ich hatte Angst, ihn zu verlieren. Ich war so verliebt. Immer wieder sagte er, dass er mich verlassen würde, wenn ich nicht mit ihm schlafen würde. Dann, ich weiß nicht mehr genau wann es das erste Mal geschah, gab ich nach. Wir hatten Sex. Bei ihm zu Hause im Partykeller seiner Eltern. Ich kann mich noch erinnern, dass es mir furchtbar wehgetan hatte. Ein paar Wochen später verließ er mich. Obwohl ich ihm alles gegeben hatte, was er wollte. Ich habe mich hingegeben und er hat mich weggeworfen. Ich fühlte

41

mich so benutzt. Dann, einige Wochen später, es war in den Sommerferien, wurde mir öfter schlecht. Ich musste mich häufig übergeben und hatte Kreislaufprobleme. Meine Mutter ging mit mir zu einem befreundeten Arzt. Es stellte sich heraus, dass ich schwanger war. Mutter sagte nichts. Ich sollte mich ins Wartezimmer setzen. Sie wollte alleine mit dem Arzt reden.

Dann ging alles sehr schnell. Ich wurde von der Schule abgemeldet und meine Mutter fuhr mit mir in ein Internat. Dort sollte ich die neunte Klasse absolvieren. In Bruchsal hieß es offiziell, dass ich wegen meines Asthmas den Wohnort wechseln musste. Ich müsste so lange dort bleiben, bis sich mein Gesundheitszustand stabilisiert hatte. Das sagte man als Begründung für den schnellen Umzug. Keiner vermutete etwas anderes. So zog ich dort ein. Es war ein Internat für schwererziehbare Mädchen. In der Abgeschiedenheit und Einsamkeit durchlebte ich die Schwangerschaft. Niemand außerhalb der Internatsmauern erfuhr jemals von mir. Ich war hilflos und ganz alleine. Dann rückte der Geburtstermin immer näher. Meine Mutter reiste zusammen mit einer Hebamme an. Es sollte eine Hausgeburt werden. Als das Kind dann kommen sollte, hatte ich unglaubliche Schmerzen. Ich weiß nicht mehr genau, was als nächstes geschah. Irgendwann war es vorbei. Die Hebamme hielt das Kind in den Armen. Ich durfte es nicht sehen oder halten. Sie ging damit aus dem

Zimmer. Sie ging mit meinem Kind aus dem Zimmer! Ich lag da, blutend und war vollkommen machtlos. Nach einigen Minuten, ich weiß nicht mehr wie lange es dauerte, kam sie wieder herein und sagte, das Kind sei tot. Es sei kurz nach der Geburt verstorben. Mein Kind, das ich nie sehen durfte, war tot!"

Sofie begann bitterlich zu weinen. Marlene nahm sie in den Arm.

„Es wurde eine Trauerfeier abgehalten, Tage danach. Ich sah den kleinen weißen Sarg. Ich konnte es nicht glauben. Es starb ein Teil von mir."

Es wurde still. Sofie schluckte. „Zu Beginn des zehnten Schuljahres durfte ich wieder zurück nach Bruchsal. Es war für alle so, als ob nichts passiert sei. Ich habe niemals jemandem etwas davon erzählt. Das war mein Geheimnis. Vielleicht verstehst du jetzt? Noch einmal so etwas durchleben zu müssen, ein Kind zu verlieren, mein einziges Kind, das ich so liebe, das würde ich nicht verkraften. Es ist alles was ich habe! Alles, was mir wichtig ist!"

Marlene wusste nichts darauf zu sagen. Nichts wäre tröstend gewesen. Diesen Schmerz konnte ihr niemand nehmen oder lindern.

Es wurde still im Haus. Sofie saß regungslos im Wintergarten und starrte nach draußen. Marlene bereitete das Frühstück zu und brachte es ihr. Doch Sofie wollte nichts essen. „Bitte trink eine Tasse Kaffee", bat Marlene, „und iss dazu eine Scheibe Brot. Das wird dir guttun." Marlene stellte das Tablett neben Sofie auf den Tisch. Sofie bewegte sich nicht. Marlene zog einen Stuhl heran und setzte sich daneben. Still saßen sie nebeneinander. Marlene wollte warten, bis Sofie von sich aus mit ihr sprechen würde.

Dann, etwa eine halbe Stunde später, klopfte es an die Glastür. Oliver stand draußen vor dem Wintergarten. Marlene öffnete die Tür.

„Ich wollte nur Bescheid geben, dass ich da bin und gleich mit dem Gemüsebeet anfangen werde."

„Ja, das ist sehr freundlich von Ihnen", antwortete Marlene.

Oliver stutzte. Er sah Sofie an und fragte: „Frau Wiesenmann, ist alles ok mit Ihnen?" Sofie drehte den Kopf. Stumm und bitter lächelte sie ihn an. Marlene erklärte Oliver, was gestern Abend geschehen war. Er blickte kurz zu Boden. Fassungslos sagte er: „Das … das tut mir sehr leid. Ich weiß nicht, was ich dazu sagen soll. Vielleicht … hoffentlich … kommt sie wieder zurück.

Wenn ich Ihnen in irgendeiner Weise behilflich sein kann, dann sagen Sie Bescheid, ja?"

Marlene bedankte sich bei ihm. Er solle nun an die Arbeit gehen. Alles Weitere würde sich finden. Oliver nickte kurz, dann drehte er sich um und lief in Richtung Gartenhaus. Kurz bevor er darin verschwand drehte er sich noch einmal um. Marlene und er blickten sich in die Augen. Dann ging er hinein.

Die Stunden vergingen nur langsam. Das Warten war unerträglich. Marlene konnte gut nachvollziehen, was in Sofie vorgehen musste. Sie selbst hatte zwar keine Kinder, dennoch musste es das schlimmste Gefühl sein, das man sich vorstellen konnte. Die Angst, sein Kind zu verlieren, den unwiderruflichen Verlust zu spüren, darüber würde man niemals hinwegkommen können.

Es gab nach wie vor kein Lebenszeichen von Lili. Sie war nicht zurückgekommen. Sie hatte sich auch nicht telefonisch gemeldet.

Marlene kam dicht an Sofie heran. Sie berührte sie an der Schulter. Sanft sprach sie: „Sofie? Bitte hör mir zu. Wir müssen jetzt etwas unternehmen. Wir können nicht weiter untätig hier sitzen und warten, bis sie von selbst zurückkommt. Wir müssen handeln. Ich möchte, dass wir beide jetzt zur Polizei gehen und Lili als vermisst melden." Sofie atmete flach. Ihr Körper erstarrte für einen kurzen Moment. „Die Polizei wird uns vielleicht weiterhelfen können. Die haben bestimmt viel Erfahrung in solchen Dingen."

Es dauerte etwas, bis Sofie langsam nickte. „Ist gut", sagte sie leise. „Ich ziehe mir nur noch etwas über."

Marlene richtete sich auf. „Wir benötigen ein Bild von Lili. Ein möglichst aktuelles. Hast du eines?"

Sofie bejahte. Lili hatte kürzlich für ihren Führerschein Passbilder machen lassen. Sie seien bestimmt in Lilis Zimmer, irgendwo auf dem Schreibtisch. Sofie sagte, dass sie sie suchen und mitnehmen würde.

In der Zwischenzeit holte Marlene ihre Tasche. An der Haustüre wartete sie. Sofie kam kurze Zeit später mit den Fotos in der Hand zu ihr und beide verließen das Haus. Marlene hielt es für besser, wenn sie fahren würde. Sofie willigte ein und so stiegen beide in den Mercedes ein. Sie fuhren zum Bruchsaler Schloss. Dort parkten sie den Wagen. Das Polizeirevier war direkt gegenüber. Marlene ging voran. Ein Polizeibeamter mit gutmütigem Gesicht begrüßte sie und fragte freundlich, wie er ihnen helfen könne.

Marlene ergriff das Wort. Sie berichtete von Lilis Geburtstagsfeier und ihrem Verschwinden. Sie wären gekommen, um Lili als vermisst zu melden.

Der Polizist holte ein Formular. Zuerst sollten Lilis Personalien aufgenommen werden. Bereitwillig gab Marlene Auskunft. Sofie sagte nur dann was, wenn Marlene etwas nicht wusste. Dann gab Sofie dem Beamten die Passbilder. Dieser schüttelte langsam den Kopf, als er das Mädchen erblickte.

Anschließend begann er einige Fragen zu stellen, die die letzten Wochen und Lilis Umfeld betrafen: „Hatten Sie Streit in den letzten vierzehn Tagen? Eine Auseinandersetzung vielleicht, woraufhin Ihre Tochter entschied, Abstand von Ihnen zu suchen? Vielleicht wollte sie Ihnen auch einen Denkzettel verpassen oder Sie für irgendetwas bestrafen?" Sofie verneinte. Lili und sie hatten ein gutes Verhältnis. Es hatte keinen Streit oder dergleichen gegeben. Lili würde niemals so etwas im Sinn gehabt haben. Der Polizist fuhr fort: „Hatte Lili einen Partner, einen Freund, bei dem sie sich jetzt aufhalten könnte?" Von einem Partner wusste Sofie nichts. Lili war auch nicht verliebt, soweit sie es einschätzen konnte. Über solche Dinge hätte sie mit ihr bestimmt gesprochen. Ihre Freunde waren bei ihrer Feier alle da. Sie würde den anderen nichts Derartiges vorgemacht haben. Daran glaubte Sofie nicht. Nachdenklich schaute der Polizist sie an.

Dann bat er: „Gehen Sie nach Hause und warten Sie ab! In den meisten Fällen kommen die vermissten Personen von selbst wieder zurück. Das kann ein paar Tage dauern. Meist gibt es dann ganz einfache und nachvollziehbare Gründe für das Verschwinden. Wir geben indessen eine Fahndung heraus. Wenn wir fündig werden, melden wir uns sofort bei Ihnen. Sollte sie in der Zwischenzeit wieder zu Hause eintreffen, geben Sie Bescheid."

Dann reichte er ihnen die Hand und verabschiedete sich. Marlene und Sofie verließen das Polizeirevier. Sie hatten getan, was getan werden musste. Nun hieß es abwarten und hoffen.

Der Tag verlief ereignislos. Die Stimmung im Haus war gedämpft. Marlene kümmerte sich um das leibliche Wohl und Sofie versank in ihren Gedanken an Lili. Marlene ließ ihr den nötigen Raum und störte sie nur, wenn es dringend nötig war. Gegen 20 Uhr klingelte es an der Tür. Sofie, die auf dem Wohnzimmersofa eingeschlafen war, erwachte. Schnell lief sie in den Flur. Ruckartig öffnete sie die Tür. Es waren Lilis Freunde aus dem Impro-Kurs, die nach ihr sehen wollten. Sofie bat sie hereinzukommen. Einige Augenblicke später saßen sie gemeinsam im Wohnzimmer zusammen. Marlene gesellte sich zu ihnen.

„Wir wollten fragen, ob Lili wieder aufgetaucht ist?", begann Luca vorsichtig. Doch Sofie verneinte resigniert. Es gab kein Lebenszeichen von ihr. Sie erzählte auch von ihrem Polizeibesuch am Morgen. Luca schluckte. „Das tut uns allen sehr leid. Wenn wir Ihnen in irgendeiner Weise behilflich sein können, dann sagen Sie bitte Bescheid."

„Wir unterstützen Sie gerne, bei allem was getan werden muss", untermauerte Sonja Lucas Angebot.

„Das ist sehr freundlich", antwortete Sofie, „aber ich denke, wir können im Moment nur abwarten."

„Aber irgendetwas müssen wir doch jetzt schon tun können!", sagte Melina energisch. „Sie ist meine beste Freundin! Ich kann doch nicht einfach dasitzen und darauf warten, ob die Polizei irgendwann etwas herausfindet, und nichts tun?"

„Wir könnten uns morgen bei unseren Freunden und Bekannten umhören, ob Lili irgendwo gesehen wurde?", warf Fabian ein, der sichtlich getroffen aussah.

Melina schüttelte entschieden den Kopf: „Nein, das ist zu wenig! Damit erreichen wir nicht alle." Sie überlegte einen kurzen Moment, dann schien sie einen Einfall zu haben: „Wie wäre es, wenn wir ein Plakat entwerfen, es morgen früh kopieren und dann in der ganzen Stadt aufhängen. Dann sehen es viele Menschen. Vielleicht hat sie ja jemand irgendwo gesehen, wo wir es nicht vermuten würden?"

„Das ist eine gute Idee", befand Luca. „Frau Wiesenmann, haben Sie einen Computer oder einen Laptop? Dann könnten wir das Plakat gleich hier alle zusammen erstellen?"

Sofie meinte, dass sie beides hätte. Sie entschied, den Laptop ins Esszimmer zu bringen. Mit neuem Mut verließ sie den Raum.

„Wir benötigen ein Bild. Hätten Sie eines zur Hand?", fragte Luca.

„Ich schaue nach". Marlene stand auf und machte sich auf die Suche. Da Sofie am Morgen die vier Passbilder bei der Polizei abgegeben hatte, ging sie in Lilis Zimmer, in der Hoffnung, ein passendes Bild von ihr zu finden. Als sie das Zimmer betrat, lief ihr ein leichter Schauer über den Rücken. Es fühlte sich nicht gut an, in ihrer Abwesenheit in Lilis Privatsachen herumzustöbern. Auf ihrem Schreibtisch waren keine Fotos zu sehen. Sie öffnete die Schublade. Darin war ein heilloses Durcheinander. Stifte, Scheren, Papiere und allerlei Krimskrams lagen darin. Sie wühlte etwas darin herum, jedoch fand sie keine Fotos. Dann glitt sie mit ihren Fingern auf den Buchrücken in Lilis Bücherregal entlang. Es waren zum größten Teil Schulbücher,

Sachbücher und einige Liebesromane. Anschließend setzte sie sich aufs Bett. Sie betrachtete die Poster an den Wänden. Es waren alte Kino- und Theaterplakate. An einer Pinnwand über der Nachttischlampe hatte sie Eintrittskarten, Fotos von Freunden, verschiedene Aufkleber und einen Schlüsselanhänger in Form eines Einhorns aufgehängt. Dann fiel ihr Blick auf das Nachttischchen. Im Inneren lag verborgen eine schwarze Mappe, die sie herauszog. Sie blätterte sie auf. In ihr waren Schnappschüsse von Lili. Viele verschiedene Fotos von ihr in den unterschiedlichsten Posen. Marlene staunte. Aufgenommen wurden die Bilder offenbar hinter dem Haus auf der großen Wiese. Dann sah sie einen Briefbogen, den sie öffnete und zu lesen begann: „Mein Liebster, wie schön ist es mit dir zusammen zu sein. Ich genieße jeden Augenblick. So eine Empfindung habe ich noch nie gehabt. Du gibst mir das Gefühl, jemand Besonderes zu sein. Ich danke dir! Ich will mit dir mein ganzes Leben verbringen. Fühl dich umarmt, deine Lili." Darunter war ein noch nicht zu Ende gemaltes Bild zu sehen. Marlene blickte auf. Lili hatte also einen Freund gehabt, von dem niemand etwas wusste. Sie überlegte einen Moment. Dann faltete sie vorsichtig den Briefbogen wieder zusammen und legte ihn zurück in die Mappe. Sie nahm ein Bild von Lili und verließ das Zimmer.

Die Gruppe war bereits am großen Esszimmertisch versammelt und hatte begonnen, das Plakat zu gestalten. Sofies Handynummer und ihre Emailadresse wurden darauf festgehalten. Marlene legte das Bild auf den Tisch und hoffte, dass sie damit eine Reaktion hervorrufen könnte. Doch niemand aus der Gruppe schien der Fotograf des Bildes zu sein. Nachdem das Plakat ausgedruckt war, klebte Luca das Bild darauf. „Wir müssen es auch einscannen und auf Facebook und Instagram veröffentlichen", sagte Luca.

„Und in unseren WhatsApp-Status können wir es auch hochladen", warf Fabian ein. Alle waren sicher, dass sie damit etwas Sinnvolles tun würden. Nacheinander fotografierten sie das Ergebnis mit ihrem Handy ab und luden es in ihren Status hoch. Luca übernahm es, den Aufruf in die sozialen Netzwerke einzustellen. Die nötigen Schritte waren getan.

„Morgen treffen wir uns um neun Uhr vor dem Pavillon in der Innenstadt", bestimmte Luca. „Ich werde vorher das Plakat im Copyshop vervielfältigen. Ich denke, dass 100 Plakate reichen werden."

„Dann tapezieren wir jede freie Fläche, die wir finden können!", sagte Melina.

„Schauen Sie in regelmäßigen Abständen in Ihr Postfach", bat Fabian, „und geben Sie uns Bescheid, wenn jemand Lili gesehen hat oder weiß, wo sie ist."

Sofie nickte. Sofort würde sie sich per Handy melden. Sie war sehr dankbar für das Engagement jedes einzelnen aus der Gruppe. Lilli hatte tolle Freunde, die ihr zur Seite standen, nicht nur in guten Zeiten.

Dann stand Sofie auf. Sie wollte nun alleine sein. Nacheinander verabschiedeten sie sich. Fabian konnte nicht an sich halten und umarmte Sofie. Dann drehte er sich abrupt um und verließ das Haus. Die anderen folgten ihm. Sofie und Marlene standen in der Tür und schauten der Gruppe nach, bis sie verschwunden war. Es bedeutete Sofie viel, dass sie Unterstützung bekam.

„Ich bin so froh, dass du da bist", flüsterte sie Marlene zu. Marlene lächelte sie liebevoll an und sagte: „Ich werde immer für dich da sein, wenn du mich brauchst." Sofie schloss die Tür. Dann gingen beide auf ihre Zimmer.

Am nächsten Tag schaute Sofie nach dem Frühstück jede Viertelstunde in ihr Postfach. Eine Mail hatte sie noch nicht erhalten. Das Telefon klingelte ständig. Freunde und Bekannte, die in der Stadt einkaufen waren und das Plakat gesehen hatten, erkundigten sich, was geschehen sei. Diese Anrufe waren nicht im Geringsten hilfreich. Im Gegenteil. Es war für Sofie emotional belastend, immer wieder Lilis Geschichte erzählen zu müssen. Sie wurde des Telefonierens müde, so fragte sie Marlene, ob sie nicht die Telefonate entgegennehmen könnte.

Gegen 14 Uhr klingelte es an der Tür. Luca und Fabian kamen zu Besuch und wollten wissen, ob es schon Reaktionen auf das Plakat gegeben hätte. Marlene erklärte, dass sich nur Leute gemeldet hatten, die besorgt nachfragten, jedoch nichts zu Lilis Verschwinden sagen konnten.

Luca schaute Sofie an. Diese war äußerlich um Jahre gealtert. Sie hatte eine fahle Haut und tiefschwarze Augenringe. Lange beobachtete er sie, wie sie dasaß und aus dem Fenster starrte. Marlene wollte gerne wissen, was in ihm vorging.

„Ich kann es immer noch nicht glauben", schüttelte Fabian den Kopf. „Wenn sie vorgehabt hatte zu verschwinden, dann hätte sie mich doch bestimmt eingeweiht. Sie konnte doch nicht einfach so gehen, ohne mit mir gesprochen zu haben?"

Marlene dachte einen Moment lang darüber nach. Dann klingelte es an der Tür. Marlene öffnete. Vor der Tür standen zwei Polizeibeamte. „Sind Sie Frau Wiesenmann?", fragten sie.

Marlene verneinte. Sie sei die Freundin. Sogleich winkte sie Sofie zu sich heran. Luca und Fabian standen im angemessenen Abstand im Flur. Marlene gesellte sich zu ihnen.

„Ja?", fragte Sofie unsicher.

Die Polizeibeamten schauten betreten drein. Sie erklärten Sofie in ruhigem Ton, dass heute früh eine Frauenleiche in Bruchsal gefunden wurde. Laut der Beschreibung und des Fotos der Vermisstenanzeige, könnte es sich dabei um Lilis Leichnam handeln. Sie baten darum, Sofie jetzt ins Städtische Klinikum in das Pathologische Institut begleiten zu dürfen, um dort die Leiche zu identifizieren.

„Einen Augenblick bitte", sagte Sofie mit schwacher Stimme. Dann drehte sie sich um und schloss für einen Moment die Augen. Sie wiederholte für die anderen mechanisch: „Sie haben in Bruchsal eine Frauenleiche gefunden. Es könnte sich um Lilis Leichnam handeln. Ich soll mitkommen, um sie zu identifizieren."

„Oh, mein Gott", stieß Marlene aus.

Fabian fing sofort an zu weinen. Luca nahm ihn in den Arm.

Schnell bereitete Marlene alles Nötige für den Aufbruch vor. Sofie reagierte apathisch. Sie zog die Weste an, die ihr Marlene reichte und nahm ihre Handtasche. Marlene fragte, ob sie ihren Personalausweis eingesteckt hatte. Sofie nickte. Er war in ihrer Geldbörse.

Dann verließen sie das Haus. Marlene stütze Sofie, während sie ins Polizeiauto einstiegen. Das Auto fuhr los. Luca und Fabian blieben fassungslos zurück. Sie stiegen in Lucas Wagen und fuhren ebenfalls davon.

Eine Dreiviertelstunde später parkte das Auto vor dem Städtischen Klinikum Karlsruhe. Die Polizeibeamten führten Sofie und Marlene in die Halle. „Bitte warten Sie hier. Wir geben Bescheid, dass Sie da sind."

Marlene und Sofie setzten sich. Etwa fünf Minuten später kamen zwei andere Polizeibeamte auf sie zu. „Hauptkommissar Gubary", stellte sich der ältere vor. „Das hier ist Kommissar Hauser." Hauptkommissar Gubary war ein väterlicher Typ, um die 60 Jahre alt. Er hatte gütige Augen und eine warme Stimme. Kommissar Hauser war jung. Er hatte ein spitzes Gesicht mit wachen Augen. „Sie sind die Mutter der vermissten Lili Wiesenmann?" Sofie nickte. „Sie haben auch die Anzeige aufgegeben?" Wieder nickte Sofie. Dann erklärte er in ruhigem Ton: „Nun, heute früh hat ein

Jogger in der Saalbach, unweit vom alten Klärwerk in Heidelsheim, eine Frauenleiche gefunden. Laut des Fotos auf der Vermisstenanzeige und ihren Angaben könnte es sich um Ihre Tochter handeln. Über die Todesursache und den genauen Todeszeitpunkt können wir vorerst noch nichts sagen. Sie lag wohl mindestens einen Tag im Wasser. Wir möchten Sie nun bitten, die Leiche anzuschauen und gegebenenfalls als Ihre Tochter zu identifizieren. Sind Sie bereit dazu?"

Sofie nickte zaghaft. Ihr Herz klopfte bis zum Hals und ihr Atem ging schwer.

„Dann kommen Sie bitte mit."

„Meine Freundin Marlene muss mich begleiten", bat Sofie. „Alleine schaffe ich es nicht."

Der Hauptkommissar gab sein Einverständnis. Dann gingen sie zusammen in ein Zimmer in den ersten Stock. Darin lag die Leiche abgedeckt auf einem Untersuchungstisch. Die Obduktion würde offenbar anschließend beginnen. Ein Arzt begrüßte Hauptkommissar Gubary und Kommissar Hauser. Anschließend begrüßte er auch Sofie und Marlene.

Nachdem Sofie ihre Zustimmung gab, hob der Arzt das Tuch beiseite und gab den Blick auf das Gesicht der Toten frei.

Sofie sackte zusammen. Marlene hielt sie fest im Arm. „Lili", hauchte Sofie. Mehr konnte sie nicht sagen.

4

Sofie begann bitterlich zu weinen. Immer wieder stieß sie Lilis Namen aus. Marlene bestätigte offiziell, dass es sich um Lili handelte. Es gab keinen Zweifel. Der Arzt legte das Tuch wieder über ihren Kopf. Dann zog er sich zurück.

Hauptkommissar Gubary bat Sofie und Marlene mitzukommen. Sofie erstarrte. Sie wollte noch einen Moment bei ihrer Tochter Lili verweilen. Marlene stützte sie. Still standen sie einige Minuten mit gesenktem Kopf da.

Was musste Sofie jetzt emotional durchmachen, dachte Marlene. Das Schlimmste, was passieren konnte, war nun eingetreten. Sie verlor zum wiederholten Mal ein Kind. Das, was ihr im Leben am liebsten, am wichtigsten war, ein Teil von ihr selbst, war für immer gegangen. Diesen Verlust würde Sofie vielleicht niemals verkraften. Marlene strich ihr über den Arm. Dann blickte Sofie mit leeren Augen auf. Marlene gab den Kommissaren ein Zeichen. Daraufhin verließen sie den Raum. „Mein Beileid. Wir fühlen mit Ihnen", bekundete Hauptkommissar Gubary. Sofie nickte. Nach einer kurzen Pause fügte er in ruhigem Ton hinzu: „Frau Wiesenmann, wir werden mit den Ermittlungen beginnen und uns gemeinsam über Ihre Tochter und den verhängnisvollen Abend unterhalten müssen. Fühlen Sie sich im Stande, uns ein paar Fragen zu beantworten? Bitte verstehen Sie mich richtig. Wir müssen …"

„Selbstverständlich", unterbrach Marlene den Kommissar. „Wir werden Ihnen helfen, wo wir nur können. Bitte, haben Sie Verständnis für ihren Zustand. Ich bin im Moment bei Sofie Wiesenmann zu Gast und versuche Ihre Fragen weitgehend zu beantworten."

„Sie sind?"

„Marlene Kunzig, eine langjährige Freundin von Frau Wiesenmann. Geboren bin ich am 5.3.1977 in Bruchsal. Ich wohne in Berlin, Charlottenburg, in der Dahlmannstraße 26. Ich bin ledig und habe keine Kinder."

Kommissar Hauser schrieb Marlenes Personalien auf.

„Und aus welchem Grund sind Sie gerade in Bruchsal?"

„Frau Wiesenmann und ich haben uns einige Jahre lang aus den Augen verloren. Lilis 18. Geburtstag war der Anlass für unser Wiedersehen."

Hauptkommissar Gubary hob den Kopf. Dann gab er Kommissar Hauser ein Zeichen. Er war damit einverstanden, mit Sofie und Marlene das Gespräch gemeinsam zu führen. Sie würden nun in ein Besprechungszimmer im Parterre des Gebäudes gehen. Dort wollten sie mit dem Gespräch fortfahren. Die Gruppe machte sich auf den Weg. Allen voran schritt Hauptkommissar Gubary, den Abschluss bildete Kommissar Hauser.

Nachdem sie Platz genommen hatten fragte Marlene: „War es ein Unfall?"

Hauptkommissar Gubary erklärte, dass sie es noch nicht wüssten. Womöglich war sie in der Nacht gestürzt und in die Saalbach gefallen. Sie könnte alkoholisiert gewesen sein. Vielleicht hatte sie sich den Kopf angeschlagen und wurde bewusstlos. So könnte sie ertrunken sein. Sie müssten jedoch die Obduktion abwarten, um die genaue Todesursache herauszufinden. Außerdem müsste man abklären, wie und warum sie nachts in Richtung Heidelsheim gelaufen oder gefahren war.

Sofie blickte auf. Es war für sie ganz und gar unvorstellbar, dass Lili zu viel Alkohol getrunken haben könnte. Das hatte sie noch nie getan.

„Es ist nur eine Möglichkeit, ein Erklärungsversuch", beendete Hauptkommissar Gubary den Gedankengang. „Bitte erzählen Sie mir genau, was an dem besagten Abend, als Lili verschwand, geschah."

Als Marlene mit ihren Ausführungen begann, schloss der Hauptkommissar die Augen. Sie schilderte den Tag in allen Einzelheiten, so wie sie es konnte. Bis zu dem Moment, als Fabian in den Wintergarten kam, um zu sagen, dass Lili verschwunden sei.

„Haben Sie vielen Dank für die detaillierte Berichterstattung. Sagen Sie mir, bevor wir fortfahren, wer wohnt alles in dem Haus?"

„Nun, es wohnen drei Menschen dort." Sie zeigte auf Sofie. „Es sind Sofie Wiesenmann, ihre Tochter Lili Wiesenmann sowie ihre Mutter, Rosa Rösch zur Schemme."

„Die Mutter, Frau Rösch zur Schemme, ist die Eigentümerin des Hauses?"

Marlene nickte. „Richtig. Sie leidet jedoch seit drei Jahren an Demenz. Die meiste Zeit sitzt sie da und schaut still vor sich hin. Manchmal phantasiert sie."

„Ich verstehe. Und Frau Wiesenmann pflegt ihre kranke Mutter?"

„So ist es."

„Sind sie berufstätig?", fragte er nun Sofie. Diese schüttelte stumm den Kopf.

„Sie ist Übersetzerin für Englisch und Französisch", erklärte Marlene. „Sie hat allerdings noch nie in ihrem Beruf gearbeitet."

„Gut, danke. Kommen wir nun wieder zurück zum besagten Abend. Wer war alles bei der Feier anwesend?"

Marlene überlegte: „Es kamen ihre engsten Freunde zum Kaffeetrinken. Sie blieben bis spät am Abend."

„Können Sie uns die Namen nennen?"

Marlene wandte sich an Sofie: „Vielleicht kannst du die Frage beantworten? Du kennst die Freunde besser als ich und weißt vielleicht auch deren Nachnamen?"

Sofie blickte auf. Sie überlegte kurz und antwortete dann mechanisch: „Ja, ich kenne die Namen. Es war Melina Bachter da, Lilis beste Schulfreundin. Dann noch Luca Ringsberg mit seiner Freundin Sonja Munterbauer und Fabian Frisig. Sie waren älter als Lili. Alle waren Mitglieder einer Theatergruppe."

Kommissar Hauser schrieb die Namen mit.

„Ich kann Ihnen auch die Telefonnummern geben", bot Marlene an, „ich habe sie mir notiert."

Hauptkommissar Gubary bat darum. Marlene kramte in ihrer Handtasche herum und gab ihm einen Zettel.

„Waren sonst noch Gäste da? Verwandte oder Freunde der Familie?"

Marlene überlegte: „Nein, es waren nur Lilis Freunde da. Herr Oppendoler, Lilis Deutschlehrer und Leiter ihres Impro-Theater-Kurses, besuchte uns kurz, um zu gratulieren. Aber später am Abend, als Lili verschwand, war er nicht mehr da. Und, da ist dann noch Oliver Hoffmann, der Gärtner. Er geht auf dem Anwesen ein und aus. Bei Lilis Geburtstagsfeier, glaube ich, habe ich ihn allerdings nicht gesehen."

„Dann waren also außer Lili an diesem Tag neun Personen anwesend, wenn man den Gärtner dazu zählen würde." Er gab Kommissar Hauser eine Anweisung: „Bitte, setzen Sie sich mit den Genannten in Verbindung. Wir müssen mit allen sprechen." Dann wandte er sich wieder Marlene zu: „Sagen Sie, Frau Kunzig, verließ Lili während der Feier das Haus? Sie sagten ja, dass Lili am Abend mit ihren Freunden in ihrem Zimmer feierte. Verließ sie da den Raum, um nach draußen zu gehen? Vielleicht traf sie sich mit jemandem, irgendwo außerhalb?"

Marlene runzelte die Stirn. Soweit sie es beobachtet hatte, ging Lili nicht nach draußen. Auch hatten ihre

Freunde nichts davon erzählt. Sie verließ nur einmal gut gelaunt ihr Zimmer und sagte, dass sie gleich wiederkommen würde.

Hauptkommissar Gubary überlegte: „Warum verließ sie das Zimmer? Welchen Grund könnte sie dafür gehabt haben? Sie sagten vorhin, dass sie lächelte, als sie hinausging. War sie mit jemandem verabredet? Jemand, der draußen auf sie wartete und mit dem sie davon ging?" Seine Augen blitzten auf: „Hatte Lili einen Freund?"

Marlene stutzte kurz. Sie dachte an den Brief, den sie in der schwarzen Mappe gefunden hatte. Dennoch verneinte sie die Frage. Sie wüsste es nicht, log sie den Hauptkommissar an. Wieso sie diese Angabe zurückhielt, wusste sie nicht. Es schien ihr irgendwie nicht realistisch zu sein, dass ihr Freund, den sie so sehr geliebt hatte, möglicherweise etwas mit ihrem Verschwinden zu tun haben könnte.

„Verließ jemand aus der Gruppe das Haus?", fragte Hauptkommissar Gubary weiter.

Auch diese Frage musste Marlene verneinen. Sie verließen nur gemeinsam, spät am Abend das Haus, um nach Lili zu suchen.

Eine Pause entstand. Dann setzte der Hauptkommissar neu an: „Gab es an dem Tag einen Streit? Zwischen den

Freunden oder zwischen Ihnen? Irgendeine Auseinandersetzung, die Lili dazu bewogen haben könnte, selbst das Haus zu verlassen?"

Marlene schaute Sofie an. Diese sprach mit schwacher Stimme: „Nein, es gab keinen Streit. Und wir beide hatten auch keinen Streit. Lili und ich haben … hatten eine gute Beziehung. Es war alles gut. Sie hätte mir nie wehtun oder mich für irgendetwas bestrafen wollen."

„Und in der Schule? Wie waren ihre schulischen Leistungen?"

„In der Schule ging ebenso alles gut. Sie war keine schlechte Schülerin. Sie war intelligent und wissbegierig."

Hauptkommissar Gubary stand auf. Er lief zum Fenster und überlegte einen Augenblick. „Gab es irgendeinen Vorfall in den letzten vierzehn Tagen? Irgendetwas das sich verändert hatte, in ihrem Verhalten oder in dem, wovon und wie sie sprach?"

Sofie antwortete bestimmt: „Lili war sehr selbstbewusst, zufrieden, stark und froh. Es gab keinerlei Anzeichen für etwas Ungewöhnliches. Sie wollte in ihrem Leben noch so viel erreichen."

Hauptkommissar Gubary schaute nachdenklich drein. Er holte tief Luft. Dann bedankte er sich bei Sofie und

Marlene für dieses erste Gespräch. Sie sollten sich bereithalten und Bruchsal nicht verlassen. Sicher würden sie sich bei ihnen melden, sobald die Ermittlungen voranschreiten und es neue Erkenntnisse geben würde. Außerdem wollten sie sich das Haus und das Anwesen anschauen.

Dann standen Sofie und Marlene auf. Die beiden Kommissare begleiteten sie nach draußen. Hauptkommissar Gubary gab Sofie und Marlene seine Visitenkarte. Sie durften sich jederzeit bei ihm melden, wenn sie sich noch an etwas erinnern würden oder sie neue Erkenntnisse hätten. Dann telefonierte er. Kurze Zeit später kam ein Polizeifahrzeug, mit dem sie nach Bruchsal zurückgefahren wurden.

Während der Fahrt wurde nicht gesprochen. Marlene spürte, dass Sofie schwach, verletzt und in tiefer Trauer war. Man musste ihr die Zeit geben, mit der grausamen Realität umgehen zu lernen. Und man musste ihr allen Raum geben, um trauern zu können. Marlene spürte: sie hatte nun die Aufgabe, die Verantwortung zu übernehmen, einen kühlen Kopf zu bewahren und fokussiert zu bleiben.

Marlene klopfte an. Sie hörte ein leises `ja´, dann öffnete sie die Tür. Sofie lag mit offenen Augen in ihrem Bett.

„Ich bringe dir dein Frühstück", sagte sie liebevoll. Sie stellte es neben Sofie auf das Nachttischchen. Dann setzte sie sich daneben. „Ich habe Rosa angezogen und in den Wintergarten gesetzt. Gleich bringe ich auch ihr das Frühstück. Ich werde mich um alles kümmern, du brauchst dir keine Sorgen machen. Ich kann auch meinen Aufenthalt verlängern, wenn du magst, so lange, bis in Berlin wieder die Schule beginnt. Nimm dir alle Zeit, die du brauchst."

Es dauerte einen Moment, bis Sofie sie anblickte und sagte: „Wieso sollte sie gestürzt und in der Saalbach ertrunken sein? Sie war nicht unbeholfen. Sie hätte niemals ihr Gleichgewicht verloren. Ich verstehe das nicht!"

„Ich weiß es nicht. Ich hoffe, wir werden bald erfahren, was wirklich passiert ist."

„Es muss ein böser Mensch gewesen sein, der meiner Lili das angetan hat. Meiner Lili …" Dann brach sie ab und wandte den Kopf zur Seite. Es wurde still. Marlene gab Sofie einen Kuss auf die Wange. Dann erhob sie sich und meinte, dass sie einen Spaziergang machen werde. Sie würde sich bei ihr melden, sobald sie wieder zurückgekehrt war.

Es war ein schöner Julitag. Die Sonne hatte an Kraft gewonnen. Marlene verließ das Haus durch den

Wintergarten. Sie wollte sich das Land und die angrenzenden Grundstücke genauer ansehen. Nachdem sie am Gartenhaus vorbeigekommen war, lenkte sie ihre Schritte quer über die große Wiese in Richtung des angrenzenden Waldes. Dort befand sich die südliche Grundstücksgrenze, die durch einen kleinen, natürlichen Bachlauf gekennzeichnet war. Sie blieb stehen und blickte sich um. Die Stelle war ihr sehr vertraut. Oft waren sie hier gemeinsam gewesen, Sofie und sie. Stundenlang hatten sie hier gesessen und über wichtige Dinge gesprochen. Sie zog ihre Schuhe aus und tauchte ihre Füße ins Wasser, so wie damals. Es war frisch und angenehm. Herrlich war das Stück Natur. Wild und ungezähmt wuchsen Hecken und Sträucher. Das Wasser des Bachlaufs plätscherte sanft. Weit und breit war kein Gebäude zu sehen. Und es war ruhig und friedlich. Sie erinnerte sich daran, wie sie und Sofie für den Biologieunterricht Kaulquappen gesammelt hatten. Sie versuchten, in Aquarien Frösche zu züchten. Marlene musste lachen. Es hatte bei ihnen nie geklappt. Die Verhältnisse in der Natur konnten sie eben nicht kopieren, dachte sie. Sie verweilte dort, wo die Erinnerungen unbelastet und schön waren.

Viele Gespräche von früher kamen ihr wieder in den Sinn. Sie wähnte sich für einen Moment zurückversetzt und glaubte ein längst vergangenes Gefühl zu spüren. Es fühlte sich gut an. Dann wurde sie nachdenklich. Wie hatte sich das Leben seitdem verändert. Früher als Jugendliche fühlten sie sich frei. Sie hatten keine Verantwortung zu tragen und mussten sich nur um wenig kümmern. Es war immer jemand da gewesen, der sie sprichwörtlich an die Hand genommen hatte. Je älter sie wurden, desto schwieriger und komplizierter wurde es. Sie waren gefangen in Verbindlichkeiten. Wie eine Spinne, die ihr Netz spann, so gab es viele Verästelungen in die verschiedensten Richtungen. Und es war fast unmöglich, auszubrechen.

Mit dem Gefühl, auf ihrem Lebensweg etwas Wichtiges und Grundlegendes verloren zu haben, stand sie auf. Sie nahm ihre Schuhe in die Hand und ging barfuß weiter. Es dauerte eine Viertelstunde, bis sie an einem Holzgatter angekommen war. Dort begann das Anwesen der Nachbarn. Es bestand aus großen Feldern, auf denen im Wechsel Mais und Getreide angebaut wurden. Überrascht erblickte sie auf ihrem weiteren Weg ein kleines Holzhäuschen. Es befand sich auf dem Nachbargrundstück. Als sie vor Jahren hier gewesen war, hatte es noch nicht dort gestanden. Sie stieg über das Holzgatter, um sich das Holzhäuschen aus der Nähe anzuschauen. Es war kein Schuppen, in dem etwas aufbewahrt wurde. Zu welchem Zweck es erbaut wurde, wusste sie nicht. Sie rüttelte an der Tür. Zu ihrem Erstaunen, war diese geöffnet. Das Schloss war aufgebrochen. Sie ging hinein. Im Inneren befanden sich ein Tischchen und zwei Stühle. Die Fensterläden waren verriegelt. Es roch staubig und muffig. Erstaunt strich sie über die Tischplatte. Diese war braun lackiert und glänzend. Kein Körnchen Staub war auf ihr zu finden. Ebenso verhielt es sich mit den Sitzflächen der beiden Stühle. Dann setzte sie sich und verweilte einen Moment. Es fühlte sich ruhig und geschützt an. Die Zeit schien still zu stehen. Es war ein wunderbares Versteck, dachte Marlene, um aus dem Alltag zu entfliehen. Dann erhob sie sich wieder. Beim Hinausgehen lehnte sie die Tür an.

Sie entschied, wieder zum Haus zu laufen. Auf dem Rückweg kam ihr Oliver entgegen. Er hatte einen Rucksack in der Hand und eine Decke unter den Arm geklemmt. Marlene hob den Kopf, als sie ihn sah. Sie begrüßten sich freundlich und Marlene fragte, was er gerade mache. Er erwiderte, er habe Mittagspause und wolle sich ein Plätzchen suchen, um seinen Lunch zu essen.

„Kann ich Ihnen Gesellschaft leisten?", fragte Marlene.

„Sicher, gerne", antwortete Oliver.

Er ging ein Stückchen weiter und breitete auf einer saftigen Wiese seine Decke aus. Nachdem er Platz genommen hatte, setzte sie sich ihm gegenüber. Er öffnete seinen Rucksack und holte eine Brotdose heraus.

Höflich bot er ihr einen Apfel an, den sie dankend annahm.

Marlene erzählte von ihrem Rundgang und den vielen Erinnerungen, die ihr dadurch wieder in den Sinn gekommen waren. Früher war sie hier oft gewesen. Oliver nickte lächelnd, während er zuhörte und dabei sein Brot aß.

„Es ist gut, dass ich hier bin", befand Marlene. „Sofie würde diese Zeit alleine nicht überstehen. Allein der Gedanke an Lili und was mit ihr geschehen ist, ist so grausam und endgültig."

Oliver pflichtete ihr bei: „Es ist ungerecht! Wer konnte der armen Lili so etwas antun?"

„Hoffentlich werden wir es bald wissen."

Beide aßen weiter. Nach einem Moment der Stille fragte Marlene: „Wie lange arbeiten Sie eigentlich schon hier?"

Oliver überlegte: „Ich glaube, es sind jetzt sechs oder sieben Wochen. Ich habe auf ein Inserat geantwortet und daraufhin hat mich Frau Wiesenmann eingestellt."

„Als was genau hat man Sie hier eingestellt? Sind Sie wirklich ein gelernter Gärtner?"

„Nein, das bin ich nicht. Das habe ich auch bei dem Vorstellungsgespräch gesagt. Ich habe nie einen richtigen Beruf gelernt. Nach der Schule schlug ich mich mit den unterschiedlichsten Jobs durch. Das lief eigentlich ganz gut. So weiß ich in ganz vielen Bereichen Bescheid. Ich kenne mich in sämtlichen handwerklichen Tätigkeiten aus, vom Klempnern über Fliesen legen bis hin zur Gartenarbeit. Ich kann alles." Er strahlte Marlene an. Kein Wunder, dass Sofie ihn eingestellt hatte. Dann erzählte er, dass er eine wunderbare Frau Namens Leslie hätte, mit der er gemeinsam in der Südstadt zur Miete in einer kleinen Wohnung lebte. Die Frage nach eigenen Kindern verneinte er. Er und Leslie hatten sich gegen Kinder entschieden.

„Waren Sie eigentlich an Lilis Geburtstag hier?", wollte Marlene wissen.

Oliver verneinte. Er war an dem Tag zu Hause geblieben. „Ich wäre gerne dagewesen. Vielleicht hätte ich etwas gesehen oder bemerkt. Vielleicht hätte ich sie davon abhalten können, fortzugehen. Die arme Lili."

Marlene dachte nach. Oliver blickte ebenso nachdenklich drein und sagte langsam: „Wir werden sehen, was die Zukunft bringt. Vielleicht werden wir einige Überraschungen erleben."

5

Sofie lag stumm auf der Couch im Wohnzimmer. Rosa saß neben ihr in einem Sessel. Marlene war gerade dabei, Rosa mit einer Schnabeltasse kalten Tee zu verabreichen. In kleinen Häppchen gab sie ihr Käsekuchen, der noch vom Geburtstag übriggeblieben war. Rosa war nicht mehr in der Lage, selbstständig zu essen und zu trinken. Vielleicht sollte Sofie darüber nachdenken, Rosa bald in ein Pflegeheim zu geben, dachte Marlene. Sie deutete Sofie gegenüber etwas an. Doch davon wollte Sofie nichts hören. Sie wollte Rosa so lange es ging selbst pflegen. Marlene seufzte. Für sie war die Grenze des Machbaren längst erreicht. Gerade in der jetzigen Situation war Sofie nicht im Stande, alle Arbeiten selbst durchzuführen. Marlene wollte jedoch jede aufkommende Unstimmigkeit und Streit vermeiden, also biss sie sich auf die Lippe und sagte nichts mehr dazu.

Es klingelte. Marlene stellte die Schnabeltasse ab, lief zur Tür und öffnete. Wenige Augenblicke später standen Hauptkommissar Gubary und Kommissar Hauser im Wohnzimmer. Der Hauptkommissar erklärte, dass sie gekommen seien, um die Räumlichkeiten zu begutachten. Marlene zeigte bereitwillig den Wohnbereich, in dem sie sich gerade befanden, und den

Wintergarten, in dem das Kaffeetrinken stattgefunden hatte. Anschließend führte sie die Kommissare in Lilis Zimmer.

„Wir haben nichts verändert", sagte Marlene. „Einzig das Knabberzeug und die Getränke, die auf dem Beistelltischchen angerichtet waren, habe ich aufgeräumt."

„Das ist sehr schade", befand Hauptkommissar Gubary. „Die Flaschen wurden entsorgt und die Gläser gespült?"

Marlene bejahte.

„Nun gut." Er ließ seinen Blick umherschweifen. Dann drehte er sich um und meinte: „Können wir uns mit Ihnen allen unterhalten?"

„Sicher, kommen Sie bitte mit." Marlene führte sie zurück ins Wohnzimmer. Sofie hatte sich in der Zwischenzeit aufrecht auf das Sofa gesetzt.

Die Kommissare zogen sich zwei Stühle heran und setzten sich Sofie gegenüber. Marlene nahm neben Sofie auf dem Sofa Platz.

„Wir haben das Ergebnis der Obduktion erhalten. Sie ist, wie wir bereits vermutet hatten, ertrunken. So gesehen ist dies eine natürliche Todesursache. Sie könnte gestürzt sein und aus noch nicht geklärten Umständen ertrunken sein."

Sofie und Marlene schauten sich ungläubig an.

„Jedoch wurde sie, bevor sie ertrank", fuhr Hauptkommissar Gubary fort, „mit einem starken Narkotikum betäubt. So können wir davon ausgehen, dass es sich um keinen Unfall, sondern um einen vorsätzlich geplanten Mord handelt. Sie wurde betäubt und, als sie das Bewusstsein verloren hatte, gezielt ertränkt. Es gibt nun zwei Möglichkeiten: Entweder war sie mit ihrem Mörder verabredet, traf ihn außerhalb und wurde dort betäubt. Oder sie wurde bereits bei der Feier im Haus, vielleicht in ihrem Zimmer betäubt. Dies müsste aber unmittelbar vor dem Verlassen der Feier stattgefunden haben, da das Narkotikum bereits innerhalb von zehn Minuten seine Wirkung entfaltet haben musste."

Marlene schluckte. „Dann war ihr der Mörder also bekannt?"

„Richtig. Es muss so oder so ein Bekannter sein. Ein Vertrauter, mit dem sie sich verabredet hatte oder dem sie folgen würde. Ich nehme an, dass der Mörder jemand aus ihrem Bekanntenkreis ist. Entweder jemand, der auf der Feier anwesend war oder jemand, den wir nicht kennen und draußen auf sie gewartet hatte."

„Sie sprechen von einem männlichen Mörder. Könnte es auch eine Frau gewesen sein?"

„Ja, entschuldigen Sie bitte, wenn ich mich missverständlich ausgedrückt habe. Es könnte auch eine Frau gewesen sein. Es brauchte keine ausgeprägte körperliche Kraft dazu."

Eine Pause entstand.

„Sagen Sie", fuhr Hauptkommissar Gubary fort, „Wer hat die Getränke für die Feier bereitgestellt?"

„Das war Lili selbst."

„Konnte jemand alleine in Lilis Zimmer gegangen sein?"

Marlene überlegte. Sie konnte sich nicht daran erinnern, dass jemand die Gruppe verlassen hatte und in Lilis Zimmer gewesen war. Dies schien ihr eher unwahrscheinlich. Die Gruppe war die ganze Zeit zusammen.

„Betrat eine außenstehende Person Lilis Zimmer?"

Marlene verneinte bestimmt. Dies konnte sie sich nicht vorstellen. Nach einer weiteren Gedankenpause beendete der Hauptkommissar die Unterhaltung, indem er sagte, dass sie nun mit Lilis Freunden ins Gespräch gehen müssten. Sie erhoben sich und bedankten sich für die Aufmerksamkeit. Nachdem Marlene die Tür geschlossen hatte, blieb sie einen Moment nachdenklich stehen.

Der nächste Tag blieb ereignislos. Niemand kam zu Besuch. Die Zeit stand still. Nur Oliver ging seiner täglichen Arbeit nach. Ab und an konnte man sein munteres Pfeifen hören, was sich für Marlene irgendwie störend und pietätlos anfühlte. Sie kümmerte sich um den Haushalt, kochte und versorgte Sofie und Rosa. Sofie saß die meiste Zeit nur regungslos da und starrte ins Leere. Sie schien um mehrere Jahre gealtert. Zudem hatte sie eine akute Depression. Marlene betrachtete beide, als sie am Abend nebeneinander im Zimmer lagen. Wie ähnlich Sofie ihrer Mutter wurde. Nun hatte Marlene zwei Menschen, die ihrer Pflege bedurften.

Nachdem alle Arbeiten erledigt waren, goss sich Marlene ein Glas Rotwein ein und setzte sich zu Sofie und Rosa in den Sessel. Auf dem Tischchen vor ihr lag die Bruchsaler Rundschau. Sie nahm diese und blätterte darin. Wie lange hatte sie schon keine Zeitung mehr gelesen. Im Zeitalter von Internet und sozialen Netzwerken, trat diese Art der Informationsbeschaffung immer weiter in den Hintergrund. Sie genoss es jedenfalls, in Ruhe lesen zu können.

Plötzlich erschrak Marlene. Sie legte Sofie die Hand auf den Arm. „Sofie, wach auf!"

Sofie drehte sich zu ihr um. Sie seufzte schläfrig: „Was ist passiert?"

„In der Bruchsaler Rundschau gibt es eine Pressemitteilung der Polizei. Darin steht, dass eine Frauenleiche unweit von Heidelsheim in der Saalbach gefunden wurde." Sie las: „Die Polizei kann ein Gewaltverbrechen nicht ausschließen." Dann legte sie die Zeitung auf ihren Beinen ab und meinte nachdenklich: „Jetzt weiß jeder Bescheid. Allen, die den Vermisstenaufruf gesehen hatten, wird klar sein, dass es sich um Lili handeln muss."

Sofie bekam sofort feuchte Augen.

„Auch der Mörder wird wissen, dass die Polizei von einer Gewalttat ausgeht", sprach sie weiter.

„Aber das ist doch klar, oder? Ich meine, Marlene, was ändert das?"

Marlene blickte Sofie bestimmt in die Augen: „Vielleicht wollte es der Mörder als Unfall tarnen. Dies hat offensichtlich nicht geklappt. Nun ist er gewarnt. Er wird vorsichtig werden und vielleicht sogar untertauchen."

„Was redest du da?", fragte Sofie beunruhigt.

„Man muss abwarten", beendete Marlene ihren Gedankengang.

Marlene schaute auf ihr Handy. Es war zwei Uhr nachts. Sie konnte nicht schlafen. Alles im Haus war ruhig. Der Mond schien fahl durchs Fenster. Sie stieg aus ihrem Bett und öffnete es. Frische Luft strömte ins Zimmer. Sie atmete tief ein. Für einen kurzen Moment fragte sich Marlene, warum sie nur nach Bruchsal gekommen war. Es war ein Albtraum. Wäre sie doch nur in Berlin geblieben und hätte nie davon erfahren! Sie hasste sich für den Gedanken. Ihre Freundin Sofie in diesem Zustand zu sehen, war schlimm. Ihren seelischen Zusammenbruch mitanschauen zu müssen, ohne helfen oder Trost spenden zu können, tat ihr weh. Sie war machtlos und das ertrug sie nicht. Wer weiß, ob sich Sofie jemals wieder erholen würde? Und ob sie jemals wieder zu alter Stärke kommen könnte? Es würde viel Zeit brauchen, das wusste Marlene. Doch lange konnte sie nicht bleiben. Ihre Schule würde bald wieder anfangen. Dann würde sie in Berlin und Sofie alleine hier im großen Haus sein.

So lange Marlene hier war, musste sie sich um einen Pflegedienst bemühen. Ja, das wäre ein wichtiger Schritt, dachte sie. Im Kopf ordnete sie ihre Gedanken. Geld würde sicher genug da sein. Mit der Sache würde sie sich bald beschäftigen müssen. Der Plan beruhigte sie. Wieder atmete sie tief durch. Dann legte sie sich zurück ins Bett.

Marlene war gerade eingeschlafen, da wurde sie von einem Klirren geweckt. Sie setzte sich auf. Hatte sie sich getäuscht oder war da wirklich ein Geräusch gewesen? Sie lauschte. Da war es wieder! Ein klirrendes, helles Geräusch, als ob man beim Abspülen ein Glas fallen lassen würde.

Sie zog sich etwas über. Leise öffnete sie die Tür. Im Parterre des Hauses schien irgendetwas zu sein. Sie hörte ein leises Rumpeln, dann ein helles Klopfen. Sie war sich sicher, unten musste jemand sein. Vielleicht war es Sofie, die ebenso nicht schlafen konnte? Sie schlich die Treppe hinunter. Es brannte nirgends Licht. Sofie hätte doch Licht gemacht! Sie beschloss, auch kein Licht anzuschalten. Im Schutz der Dunkelheit schritt sie langsam weiter. Die Küche lag im Dunkeln. Der Wohnbereich wurde nur durch das Mondlicht fahl beleuchtet. Hier war niemand. Sie musste sich getäuscht haben. Dann stand sie im Flur. Sie vernahm ein hektisches Geräusch, unweit von der Toilette. Irgendjemand war doch im Haus unterwegs. Sie ging langsam den Flur entlang. Das Geräusch kam aus Lilis Zimmer! Die Tür war angelehnt. Marlene versuchte, durch den Spalt etwas zu sehen. Sie sah nur den Schein einer Taschenlampe. Jemand suchte etwas in Lilis Zimmer! Ein Fremder … wahrscheinlich der Mörder! Er war zurückgekommen, weil er etwas vergessen hatte, das ihn verraten könnte!

Marlene wusste nicht, was sie tun sollte. Sie nahm allen Mut zusammen und riss die Tür auf. Sie schrie: „Was machen Sie da? Halt! Ich rufe die Polizei!"

Das grelle Licht der Taschenlampe blendete sie. Es war ihr nicht möglich, zu sehen, wer der Einbrecher war. Dann wurde ihr Lilis Bettdecke entgegengeworfen. Sie stolperte, verlor das Gleichgewicht und fiel zu Boden. Der Einbrecher sprang ohne ein Geräusch von sich zu geben aus dem Fenster hinaus in die Dunkelheit. Marlene blieb auf dem Boden liegen. Sie schrie: „Polizei! Hilfe!" Dann fing sie an zu weinen. Im Flur wurde das Licht eingeschaltet. Dann, wenig später, stand Sofie in Lilis Zimmer. Marlene zeigte hysterisch auf das Fenster. Die Scheibe war eingeschlagen worden. Sie hatte den Mörder überrascht und ihm gegenüber gestanden.

„Wer war es?", fragte Sofie, die zum Fenster gegangen war und in die Dunkelheit blickte.

„Ich weiß es nicht. Sofie, ich weiß es nicht! Es war dunkel und die Taschenlampe hat mich geblendet."

Die Tür fiel ins Schloss. Marlene hatte gerade zwei Polizeibeamte verabschiedet, die gekommen waren, um den Einbruch aufzunehmen. Die Polizisten hatten etwa zwei Stunden lang Fotos geschossen, Spuren untersucht, unzählige Fragen gestellt und alles akribisch festgehalten. Die Frage, ob etwas gestohlen wurde, konnten Sofie und Marlene nicht beantworten. Von Lilis Mord wussten die Beamten nichts. Marlene erklärte ihnen, dass der Einbruch vielleicht in dessen Zusammenhang geschehen war. Sie sollten sich unbedingt mit Hauptkommissar Gubary in Verbindung setzen. Die Polizisten wollten dies in jedem Fall tun. Marlene lief erschöpft zurück in Lilis Zimmer, in dem Sofie auf dem Bett saß.

Sie blickten sich entsetzt um. Die Schubladen und Schränke waren geöffnet worden. Der Einbrecher hatte systematisch Lilis Ablagen und Fächer durchforstet. Wonach er gesucht und ob er es gefunden hatte, das wussten sie nicht. Marlene hatte ihn dabei gestört. Wenn er nicht fündig geworden war, würde er bestimmt wiederkommen. Sie müssten im Parterre die Rollläden herunterlassen und dürften sie nicht mehr öffnen. „So lautete auch die Anweisung der Polizei", erinnerte sich Marlene. Sofie machte sich sofort ans Werk. Dann sah sie Lilis Schmuckkasten geöffnet auf dem Boden liegen. Sie wusste, dass Lili darin all ihre Kostbarkeiten, alles, was ihr wichtig war, gesammelt hatte. Der Kasten war mit braunem Leder überzogen und verfügte über verschiedene Ablagen, die sich beim Öffnen treppenartig auffächerten. Sofie schaute nach, ob etwas fehlte. Lilis Schmuck war noch da. Einige Briefe ihrer belgischen Brieffreundin lagen in der untersten Ablage. Diverse Papiere mit Adressen und Notizen waren ungeordnet darin. Soweit Sofie es beurteilen konnte, sah alles normal aus. Der Einbrecher hatte dort nichts entwendet. „Aber wonach könnte der Einbrecher gesucht haben?", fragte Marlene. Sofie zuckte mit den Achseln.

„Vielleicht hat er hier irgendetwas Belastendes vergessen. Ein Fläschchen vielleicht, mit dem Narkotikum darin, worauf seine Fingerabdrücke zu finden sind?", überlegte Marlene. „Es muss irgendetwas sein, das auf ihn hindeutet. Etwas, nach dessen Fund die Polizei sofort weiß, es muss sicher diese oder jene Person sein."

Sofie hatte keine Idee. Sie fand es nur schrecklich, dass jemand hier eingedrungen war. Sie fühlte sich nun noch unsicherer als zuvor.

„Hatte Lili ein Geheimfach oder einen Ort, an dem sie wichtige Dinge verstecken würde? Außer dem Schmuckkasten? Vielleicht hatte sie etwas Belastendes gefunden und dort versteckt?"

Sofie überlegte. Sie wusste von keinem geheimen Platz, außer dem Schmuckkasten.

Marlene stand auf. „Wenn ich etwas sicher verstecken wollte, wo würde ich es dann hinlegen?" Sie blickte nacheinander in Lilis Schränke. „Es müsste ein Fach sein, das mit anderen Dingen verdeckt war, genau. Ein Fach, das man nicht auf den ersten Blick sehen könnte. Man müsste zuvor etwas wegräumen und dann erst hätte man Zugriff darauf. So würde ich es machen. Klingt das einleuchtend?"

Sofie zuckte wieder mit den Achseln. Sie verstand nicht, worauf Marlene hinauswollte. Sie war ihr keine große Hilfe. Marlene machte sich daran, Lilis Kleider aus dem Schrank zu räumen. Sie suchte hinter ihrer Wäsche nach einem geheimen Kästchen, einem Karton oder etwas Vergleichbarem, in dem etwas liegen könnte. Nachdem fast die ganzen Kleider auf Lilis Bett lagen, stutzte Marlene: „Hier ist etwas!" Sie zog einen Schuhkarton heraus, der in der hintersten Ecke, ganz unten im Schrank verstaut war und öffnete ihn. In ihm lagen drei Büchlein. Marlene nahm eins heraus und schlug es auf. Es waren Lilis Tagebücher.

„Ich hatte keine Ahnung, dass sie Tagebuch schrieb", bemerkte Sofie verwundert, während sie eins in den Händen hielt.

„Wir müssen sie lesen", sagte Marlene bestimmt. „Vielleicht steht irgendetwas darin, was uns weiterhelfen könnte. Vielleicht erfahren wir etwas über ihren Mörder?"

Sofie starrte Marlene entgeistert an. „Uns weiterhelfen könnte? Etwas über den Mörder erfahren? Wovon redest du denn da?" Sie nahm die Tagebücher in die Hand und stand auf. „Wer bist du überhaupt? Ich erkenne dich nicht wieder! Das ist kein Spiel, Marlene! Das ist mein Leben!" Ihre Stimme überschlug sich.

„Aber Sofie, beruhige dich doch! Ich möchte doch nur helfen!"

„Niemand wird in diesen Tagebüchern lesen! Es sind ganz private Gedanken darin. Das geht niemanden etwas an!" Dann drehte sie sich um und ging hinaus. Marlene blieb alleine in Lilis Zimmer zurück. Sie atmete tief durch. Sofie war mit dieser Situation überfordert, dachte sie verständnisvoll. Morgen, wenn sie sich beruhigt hatte, würde sie versuchen, Sofie umzustimmen. Sie stand auf, löschte das Licht und ging zu Bett.

6

Der nächste Tag war stiller als sonst. Sofie stand auf und bereitete sich das Frühstück. Danach setzte sie sich zu Rosa in den Wintergarten und verharrte gedankenversunken. Sie sprach den ganzen Morgen mit niemandem. Marlene ließ sie in Ruhe. Wenn, dann sollte

Sofie selbst die Nähe und das Gespräch suchen. Sie entschied, einen Spaziergang zu machen und das schöne Wetter zu genießen. Als sie wieder zurückkam, stand Sofie auf und sagte: „Es tut mir leid, Marlene. Ich weiß nicht, wie ich über all das hinwegkommen soll. Alles, was ich hatte, ist verloren. Alles ist irgendwie vorbei. Und wenn ich dich anschaue, dann … dann bin ich neidisch. Du hast so viel Kraft und Energie! Ich habe meine verloren. Ich wünschte, ich wäre so wie du, Marlene, voller Leben."

Marlene lächelte Sofie verständnisvoll an: „Das dauert seine Zeit, Sofie. Nimm sie dir zum Trauern und Verarbeiten. Das ist wichtig! Und irgendwann wirst du wieder neu beginnen können."

„Meinst du?"

„Ja, das meine ich. Und ich will dir dabei helfen."

Sofie streckte ihr die Hand entgegen. „Es tut mir leid wegen gestern Abend. Ich bin einfach überfordert. Wenn du meinst, dass es etwas bringen könnte, in Lilis Tagebüchern zu lesen, dann darfst du das tun. Ich gebe sie dir."

Marlene bedankte sich bei Sofie für ihr Vertrauen. Dann umarmten sie sich in tiefer Verbundenheit.

Es klingelte. Marlene löste die Umarmung. Vielleicht ist das wieder die Polizei, meinte sie, während sie zur Tür ging. Es kamen jedoch die Freunde Melina, Luca, Sonja und Fabian zu Besuch. Marlene bat sie, herein zu kommen.

Fabian begrüßte Sofie und sagte: „Es tut uns allen so leid!"

Sofie blickte Marlene an. Dann bedankte sie sich für die Anteilnahme.

„Die Polizei hat uns alle verhört", erklärte Fabian." Daher wissen wir, dass Lili dort in der Saalbach ertrunken ist."

„Das Verhör war schrecklich", bestätigte Sonja.

„War es Mord?", fragte Fabian unverblümt weiter. „Die Polizei hielt sich bedeckt. Wir sollten alles über den Geburtstag erzählen. Woran wir uns erinnerten, wo jeder zu welcher Zeit war. Sie ließen von ihrem Ermittlungsstand nichts durchblitzen."

„Und sie wollten allerhand persönliche Dinge von uns wissen", sagte Luca. „Woher wir kommen und in welcher Beziehung wir zu Lili gestanden haben. All solche Sachen."

„Ja", bestätigte Marlene Fabians Frage. „Es war eindeutig Mord. Ein Unfall konnte ausgeschlossen werden."

Die Gruppe hielt inne. Sie mussten das eben Gesagte einen Moment sacken lassen.

„Aber wie konnte das nur passieren?", fragte Luca in die Stille hinein.

„Sie muss sich mit ihrem Mörder verabredet haben", erklärte Marlene. „Sie folgte ihm freiwillig. Deswegen war sie auch so gut gelaunt, als sie die Feier verließ."

„Sie kannte ihren Mörder?", fragte Luca ungläubig.

„Ja, so ist es. Jemand von außerhalb vielleicht. Sie wurde mit einem starken Narkotikum betäubt." Sie fügte leise hinzu: „Dann wurde sie ertränkt."

„Aber warum? Warum brachte jemand ausgerechnet Lili um?", fragte Sonja.

„Das weiß man nicht. Vielleicht hat sie etwas gewusst, was sie nicht wissen durfte." Marlene dachte an den Einbruch in der gestrigen Nacht.

Melina, die sich alles still angehört hatte, wiederholte ungläubig: „Sie wurde betäubt?"

„Das ergab die Obduktion."

„Und wie wurde das Narkotikum verabreicht?", wollte Melina wissen.

„Das weiß man nicht genau. Vielleicht in einem Getränk", antwortete Marlene.

Melina dachte nach. „Dann hat sie sich also mit einem uns Unbekannten draußen getroffen, etwas getrunken und wurde dann umgebracht?"

„Davon gehen wir aus", bestätigte Marlene.

„Vielleicht hatte sie einen Liebhaber? Oder einen festen Freund, von dem wir nichts wussten?", warf Sonja ein. „Und mit ihm hat sie dann auf ihren Geburtstag angestoßen."

Fabian antwortete: „Aber wieso sollte sie von ihrem Freund umgebracht worden sein? Welchen Grund könnte er gehabt haben?"

„Vielleicht gab es einen Streit", versuchte Sonja zu kombinieren, „oder er war eifersüchtig?"

„Quatsch", befand Fabian, „das macht doch keinen Sinn!"

Ratlosigkeit machte sich breit. Es gab keine eindeutige Erklärung für das Geschehene und auch keine Person, die verdächtig erschien.

„Wie war das genau auf der Feier, als ihr zusammen in Lilis Zimmer gewesen ward?", fragte Marlene. „Ist etwas Besonderes geschehen? Ich meine, etwas Unvorhergesehenes?"

Fabian dachte nach: „Nicht, dass ich wüsste. Wir unterhielten uns miteinander. Ich meine, jeder sprach einmal mit jedem. Es gab keine besondere Gruppierung. Wir verstanden uns alle sehr gut."

„Und wer schenkte die Getränke ein?"

Luca stutzte: „Warum fragen Sie? Sie glauben doch nicht, dass jemand von uns Lili betäubt haben könnte?"

„Nein, nein, das sage ich nicht", wehrte Marlene ab. „Es könnte aber folgendermaßen gewesen sein: Vielleicht wurde eine Flasche schon im Voraus mit diesem Narkotikum präpariert. Von jemandem, den wir noch nicht kennen. Ich weiß, dass Lili sehr gerne Sekt-Orange trank. Ich weiß nicht, ob sie die einzige war, die diese Vorliebe gehabt hat. Junge Menschen trinken vielleicht andere Dinge, denke ich mir. Sekt-Orange ist oft etwas für Ältere, wisst ihr, was ich meine?" Die Gruppe nickte einvernehmlich. „Wenn dem so war, könnte es zum Beispiel im Orangensaft gewesen sein. Vorausgesetzt, keiner von euch trank davon, und der Mörder kannte ihren Geschmack."

„Ja", gab Luca zu, „so könnte es vielleicht gewesen sein. Aber Lili trank nichts anderes als wir. Wir haben alle das Gleiche getrunken oder?"

Die anderen bestätigten Lucas Frage. So gesehen konnte Marlenes Theorie nicht stimmen. Es konnte keine bestimmte Flasche manipuliert worden sein, sonst hätte der Mörder damit rechnen müssen, dass mehrere betäubt werden würden. Es war nicht möglich gewesen, dass Lili im Zimmer etwas zu sich genommen hatte. Sie musste draußen mit einem Fremden etwas getrunken haben. Alle schauten sich ratlos an. Niemand wusste, mit wem sie sich getroffen haben könnte.

„Lili war sehr beliebt", warf Melina ein. „Vielleicht wissen wir nicht alles von ihr. Vielleicht hatte sie vor uns Geheimnisse."

Es klingelte an der Tür. Sofie, die alles still mit angehört hatte, stand auf und öffnete. Kurze Zeit später kam sie mit Hauptkommissar Gubary und Kommissar Hauser wieder herein. Die Freunde nahmen den Polizeibesuch zum Anlass, um sich zu verabschieden und zu gehen. Sie versprachen, bestimmt bald wieder vorbeizuschauen.

Hauptkommissar Gubary fragte, als sie alleine waren: „Bei Ihnen wurde gestern Nacht eingebrochen?"

Sofie bestätigte dies. Marlene erzählte in allen Einzelheiten, wie sie dem Einbrecher aufgelauert und ihn bei der Suche in Lilis Zimmer unterbrochen hatte.

„Das war sehr gefährlich", warf der Hauptkommissar ein. „Der Einbrecher hätte Sie angreifen und überwältigen können. Wir wissen nicht, welches Gewaltpotential er oder sie hat. Bitte seien Sie vorsichtig!" Dann fügte er nachdenklich hinzu: „Wenn es der Mörder war, dann musste er damit rechnen, dass Sie ihn erkannt hatten."

„Aber ich konnte nicht sehen, wer es war."

„Das weiß der Mörder aber nicht. Gehen wir davon aus, dass er denkt, erkannt worden zu sein. Dann wird er wiederkommen und versuchen, Sie zum Schweigen zu bringen. Ein Mörder hat seine natürliche Hemmschwelle zu töten verloren und ist jederzeit dazu bereit, nochmals zuschlagen, wenn es die Situation erfordert. Das ist meine Erfahrung."

„Ja, aber was soll ich denn Ihrer Meinung nach tun?"

„Sie müssen sehr gut auf sich aufpassen. Sie sollten nicht mehr alleine aus dem Haus gehen. Fragen Sie, bevor Sie jemanden die Tür öffnen, wer draußen steht. Gehen Sie am Abend, wenn es dunkel ist, nicht mehr vor die Tür. Wenn Sie sich unsicher fühlen, kann ich Ihnen Polizeischutz anbieten."

Marlene nickte. Vielleicht war sie tatsächlich in Gefahr. Sie wollte es jedoch zunächst alleine, ohne polizeiliche Unterstützung versuchen und all das beherzigen, was ihr der Hauptkommissar geraten hatte.

Hauptkommissar Gubary wechselte das Thema: „Kommissar Hauser, bitte geben Sie mir das Protokoll, das unsere Kollegen gestern Abend hier ausgefüllt haben."

Kommissar Hauser reichte es ihm.

„Es wurde gezielt im Zimmer Ihrer Tochter eingebrochen? Und der Einbrecher suchte nur dort nach etwas? Also müssen wir davon ausgehen, dass es etwas gegeben haben muss, dass dort vergessen wurde, was auf die Identität des Mörders hinweist. Irgendein Indiz musste dort zu finden gewesen sein. Bitte begleiten Sie mich. Ich möchte mir das Zimmer noch einmal anschauen."

Kurze Zeit später standen die Kommissare, Sofie und Marlene in Lilis Zimmer. Hauptkommissar Gubary schaute erstaunt. „Es sieht jetzt anders aus, als auf den Fotos der Kollegen. Die Kleider lagen gestern noch nicht auf dem Bett. Haben Sie im Kleiderschrank nach etwas Bestimmtem gesucht?"

Sofie schaute Marlene an. Der eindringliche Blick blieb ihr nicht verborgen. Marlene dachte nach, dann antwortete sie: „Wir hatten den gleichen Gedanken gehabt, wie Sie. Wir dachten, dass entweder der Mörder etwas vergessen oder Lili etwas gefunden und versteckt haben musste, das auf ihn hinweisen könnte."

„Und? Haben Sie etwas gefunden?"

Marlene schaute Sofie an. „Es war nichts da", log sie. „Wir haben nichts gefunden, was wichtig gewesen sein könnte. Wahrscheinlich hatte der Mörder gefunden, wonach er suchte."

„Ja, wahrscheinlich", wiederholte Hauptkommissar Gubary. Nach einer Pause sagte er: „Nun gut. Bitte lassen Sie uns wissen, wenn Sie doch noch etwas Sachdienliches entdecken." Er lächelte Marlene an. Diese schaute auf Sofie, in deren Augen man buchstäblich ablesen konnte, wie angespannt sie war. Der Hauptkommissar schien jedoch nicht gemerkt zu haben, dass Marlene und Sofie etwas zurückhielten. Er drehte sich um, gab Kommissar Hauser ein Zeichen und sie verließen das Haus. Nachdem sich die Tür geschlossen hatte, umarmte Sofie ihre Freundin. „Ich danke dir!", flüsterte sie. „Ich danke dir!"

Es war Sofie wichtig, dass die Tagebücher nicht von fremden Menschen untersucht werden würden. Einzig Marlene durfte sie lesen. Und wenn darin tatsächlich wichtige Hinweise auf eine bestimmte Person standen, dann würde Marlene das Richtige tun und angemessen handeln. Da war sie sich sicher.

„Ich möchte mich jetzt zurückziehen und Lilis Aufzeichnungen lesen", sagte Marlene. „Ich gehe in mein Zimmer." Sofie blieb alleine zurück. Dann setzte sie sich neben Rosa aufs Sofa und blickte aus dem Fenster.

Marlene saß auf ihrem Bett und betrachtete die drei Tagebücher. Vielleicht würde einiges Neues über Lilis Persönlichkeit zum Vorschein kommen, überlegte sie. Etwas, das sie nicht vermutet hätte. Sie wusste von Sofie, dass Lili anderen manchmal nicht zeigte, was sie wirklich dachte oder fühlte. Sie war sehr klug und behielt oftmals ihre Meinung für sich. Nun würde sie lesen können, was niemals für andere bestimmt war. Sie würde die wahre Lili kennen lernen.

Marlene nahm eines der Tagebücher in die Hand und schlug es auf. Auf der ersten Seite stand mittig und in dicker Schrift die Jahreszahl 2017, umrandet von einem feingliedrig gemalten Rahmen. Dieser bestand aus einer Blumenranke mit rosa Blüten und hellgrünen Blättern. Dann verglich sie die anderen beiden Tagebücher und fand heraus, dass jedes Tagebuch genau ein Jahr umfasste. Es waren die letzten drei Lebensjahre von Lili, die darin festgehalten wurden. Der Rahmen des Jahres 2019 bestand aus kleinen roten Herzchen. Das Jahr 2018 wurde mit kleinen, bunten Theatermasken umrahmt. Vielleicht standen die Rahmen für ein bestimmtes Thema, das sie in diesem Jahr besonders beschäftigte? Marlene ordnete die Bücher in der richtigen Reihenfolge an. Die Blumenranken von 2017 waren ein Symbol für die Jugend, befand Marlene. Sie waren verspielt und standen noch nicht für etwas Bestimmtes. Die Masken ergaben dann einen Sinn, dachte sie, wenn Lili im Jahr 2018 mit dem Theaterspielen begonnen hätte. Ebenso würden die Herzchen einen Sinn ergeben, wenn sie im Jahr 2019 die Liebe für sich entdeckt hätte. Marlene blickte auf und dachte an den Brief in der schwarzen Mappe.

Jeder erste Eintrag eines Tagebuches wurde am Folgetag ihres Geburtstags hineingeschrieben. Somit umfasste jedes Tagebuch die Spanne von einem Geburtstag bis zu ihrem nächsten.

Marlene entschied, das letzte Tagebuch zuerst zu lesen. Darin würde sie am ehesten Hinweise auf Lilis Mörder finden können, wenn es überhaupt welche gab. Sie schlug es auf. Jeder Eintrag war mit Datum versehen. Dreiviertel des Tagebuches handelte überwiegend von Schulthemen, schönen Erlebnissen mit Freunden und Problemen mit verschiedenen Personen in ihrem

Umfeld. Es wurden ausgewählte Situationen geschildert, exemplarisch Sätze von Einzelnen zitiert und prägnante, manchmal plakative Behauptungen aufgestellt. Sie schrieb eindeutig, wen sie mochte und wen nicht. Sonja zum Beispiel war ihr unheimlich auf die Nerven gegangen. Als sich dann die Beziehung zu Luca anbahnte, war sie bei Lili unten durch. Melina gegenüber hatte sie ein schlechtes Gewissen, warum, das ließ sie bis zu dieser Stelle noch im Unklaren. Zu ihrer Mutter hatte Lili ein gespaltenes Verhältnis. Sie liebte sie, war aber genervt von ihrer Unselbstständigkeit. Dass sie immer zu Hause war und keinem Beruf nachging, störte sie. Sie hätte sich mehr Freiheiten gewünscht.

Da Marlene bis jetzt noch nicht auf Hinweise oder etwas Verdächtiges gestoßen war, und ihr bis dahin alles ganz unscheinbar und normal für eine junge Frau vorkam, entschied sie sich, das Tagebuch nun von hinten durchzugehen. Sie würde an Lilis Geburtstag beginnen und dann intensiv die Wochen davor studieren.

Der letzte Eintrag handelte von Lilis Vorfreude auf ihren Geburtstag. Sie fragte sich, ob ihre Wünsche alle in Erfüllung gingen? Und sie schrieb, welche Träume sie für ihr neues Lebensjahr hatte. Marlene wurde traurig. Lilis Hoffnungen hatten sich nicht mehr erfüllt. Sie hatte zu dem Zeitpunkt keine Ahnung, in welcher Gefahr sie sich befand. Sie fühlte sich glücklich und beschwingt.

Am 12.7. las Marlene einen schockierenden Eintrag: „Heute habe ich einen Brief erhalten. Ich bin total fertig. Die kleine Rebecca Schulz schrieb ihn mir. In dem Brief steht, dass sie in den Ballettstunden immer zu mir aufgeschaut hat und ich ein großes Vorbild für sie bin. Sie möchte so sein, wie ich es bin. Das ist total rührend. Deswegen vertraut sie mir. Und deswegen wendet sie sich an mich. Sie ist total verunsichert und hat Angst. In ihrem Brief steht, dass sich unser `Mr. Perfect´ oft an sie rangemacht hat. Unglaublich, keiner hat etwas geahnt! Wenn sie alleine waren und es niemand sehen konnte, bedrängte er sie und fasste ihr in den Schritt. Manchmal bot er ihren Eltern an, Rebecca nach Hause zu fahren, wenn sie keine Zeit gehabt hatten, sie abzuholen. Dann hat er sie gezwungen, ihm in die Hose zu fassen. Ich ekel mich vor ihm. Wer hätte das gedacht, dass der allseits beliebte `Mr. Ich bin so eloquent und zuvorkommend´ so eine ekelhafte Scheiße gemacht hat? Rebecca traut sich nicht, jemandem davon zu erzählen. Auch nicht ihren Eltern. Sie hat Angst, dass man ihr die Schuld geben könnte, oder dass man sie dafür bestraft. Armes Mädchen. Ich muss etwas unternehmen. Ich weiß nur nicht genau, was. Sie tut mir total leid. Gute Nacht, ich muss jetzt das Licht ausmachen, ich bin total müde.“

Marlene schaute auf. Sie wiederholte leise: „Ein Kind wurde missbraucht und Lili hatte einen Brief erhalten, worin alles geschildert wurde?" Dann las sie die Stelle nochmal und hielt angewidert die Hand vor ihren Mund. Lili schrieb von `Mr. Perfect´ und `Mr. eloquent und zuvorkommend´. Sie benannte ihn nicht mit seinem Namen. Aber warum nicht? Marlene fragte sich, wer dieser Mann sein könnte? Gab es im Tagebuch an einer anderen Stelle einen Hinweis auf dessen Identität? Sie blätterte das Tagebuch durch, doch sie fand keinen weiteren Hinweis mehr. Sie legte das Tagebuch für einen Moment aus der Hand und dachte nach. Morgen würde sie versuchen, etwas über diese Rebecca Schulz herauszufinden. Vielleicht würde sie so herausbekommen, um welchen Mann es sich handeln könnte. Sie trank einen großen Schluck Rotwein.

Dann blätterte sie weiter. Sie las: „8.7. Heute Nachmittag war ich mit ihm zum ersten Mal in unserem Geheimversteck. Es war ganz nett. Wir haben uns gut unterhalten. Ab sofort ist das unser geheimer Treffpunkt."

Marlene blickte auf. „Geheimversteck?", wiederholte sie. „Was könnte sie damit meinen? Und mit wem war sie dort?" Lili schrieb in Rätseln. Für Lili war klar, wer mit „ihm" gemeint war. Und ihr Tagebuch war ja für niemand anderen bestimmt gewesen. „Vielleicht gibt es an einer anderen Stelle zuvor einen Namen, der zu diesem Eintrag passen könnte", überlegte Marlene. Sie blätterte einige Seiten vor.

Auf einer Seite fiel ihr der Name `Fabian´ ins Auge. Sie überflog kurz das Geschriebene und beschloss, diesen Eintrag genauer durchzulesen. Sie las: „4.7. Ich bin so glücklich! Ich kann meine Gefühle nicht beschreiben. So lange wünschte ich es mir und heute ist es endlich in Erfüllung gegangen. Fabian hat mich zu einem Ausflug eingeladen. Er holte mich mit seinem Auto ab und wir fuhren zum Fanfarenheim auf den Parkplatz. Dort stellten wir das Auto ab und liefen ein Stück zusammen. Es war vollkommen! Die Sonne schien hell, es war ein warmer Tag und Blütenduft lag in der Luft. Er hatte einen Korb in der Hand. Ich durfte erst nicht wissen, was darin war. Dann, nach zwanzig Minuten etwa, kamen wir an einer Bank an. Die Aussicht war herrlich! Er öffnete den Korb und holte eine Flasche Sekt und zwei Gläser heraus. Noch dazu hatte er ein Schälchen mit süßen Erdbeeren dabei. Wir stießen an und dann … dann küsste er mich auf meinen Mund! Oh, es war so sanft und zärtlich und einfach nur schön! Er hielt mich lange in seinem Arm. Ich fragte ihn, ob wir nun zusammen wären? Er nickte und gab zu, schon lange in mich verliebt zu sein. Fabian, ich liebe ihn so! Wir werden es aber noch eine Weile geheim halten, denn es soll unser eigenes, intimes Glück sein, das nur wir miteinander teilen. Es ist so aufregend!"

Darunter war ein großes, rotes Herz gemalt. Marlene lächelte bitter. Lili hatte die Liebe gefunden, dachte sie. Fabian war der Freund, mit dem sie glücklich war und von dem niemand etwas ahnte. Jetzt verstand Marlene, dass er so traurig und betroffen war, weit mehr als die anderen in der Gruppe. Marlene stutzte einen Moment. Dann dachte sie, dass es auf keinen Fall Fabian gewesen sein konnte, mit dem sich Lili an ihrem Geburtstag draußen getroffen hatte. Er war ja im Haus und immer mit den anderen zusammen gewesen. Es war unmöglich und zudem unglaublich, dass Fabian etwas mit dem Mord zu tun haben könnte.

7

Marlene schlief in dieser Nacht nicht gut. Am Morgen lag sie lange wach in ihrem Bett. Sie dachte über Lilis Tagebücher nach. Alles, was sie gelesen hatte, ließ sie in ihren Gedanken Revue passieren. Irgendetwas störte sie dabei. Etwas passte nicht recht. Doch sie konnte den Fehler nicht greifen. Es blieb ein unkonkretes Gefühl, welches sie verunsicherte. Sie stand auf und zog sich an. Sofie würde sie bestimmt nach den Tagebüchern fragen.

Sie war sich unsicher, wie viel sie ihr davon erzählen sollte. Diesen Eintrag über Rebecca Schulz würde Sofie in ihrer jetzigen Verfassung vielleicht nicht verkraften können oder überfordern. Auch die Ausführungen über Lilis Beziehung zu Sofie wollte Marlene zunächst aussparen. Sofie verfügte ohnehin über ein mangelndes Selbstbewusstsein. Aber was blieb dann noch übrig? Vielleicht würde sie Sofie von Lilis Liebe zu Fabian erzählen. Diese Episode schien leicht und versöhnlich zu sein.

Sie stieg die Treppe hinunter. Sofie war bereits dabei, Rosa beim Frühstücken zu helfen. Immer wieder sagte Sofie, während sie Rosa ein Stück Brot vor den Mund hielt: „Schön den Mund aufmachen!" und: „Jetzt noch ein Stückchen!" Marlene beobachtete die Situation wohlwollend. Sofie gab sich alle Mühe, das war ein Fortschritt. Dann stieß Rosa plötzlich Sofies Hand weg und schrie: „Es lebt! Es lebt!"

Sofie fragte verwirrt, während sie Rosa am Arm packte: „Was lebt? Mutter, wovon sprichst du?"

Rosa jammerte: „Es tut mir sehr leid! Es tut mir sehr leid!" Dann weinte sie.

Sofie hatte keine Ahnung, welche Erinnerung Rosa quälte. Sie konnte mit der Situation nicht angemessen umgehen, legte den Teller auf den Tisch, stand hilflos auf und wollte gerade weggehen, als sie Marlene erblickte. Ihr Gesicht erhellte sich. Marlene würde ihr zu Hilfe kommen. „Könntest du für mich weitermachen?", bat Sofie.

Marlene nahm den Teller und setzte sich neben Rosa. Sie strich ihr liebevoll über den Kopf und die Schulter. Langsam beruhigte sich Rosa und Marlene konnte mit dem Essen geben weitermachen. Sofie atmete tief durch. So wie es Marlene erwartet hatte, fragte Sofie, ob sie schon einen Blick in die Tagebücher geworfen hätte. Marlene bejahte. Sie lächelte Sofie an und flüsterte: „Lili war verliebt."

Sofies Augen weiteten sich. „Ja?", fragte sie ungläubig. „In wen?"

„In Fabian. Sie beschreibt in ihrem Tagebuch ein Treffen, indem er ihr seine Liebe gestanden hat. Es klingt sehr rührend und schön. Lili war sehr glücklich. Und Fabian ist ein wirklich netter junger Mann, findest du nicht auch? Sie hatte einen guten Geschmack."

Sofie bestätigte: „Ja, das hatte sie." Sofie begann ein wenig zu lächeln: „Ich werde ihn bald wieder einladen. Das ist eine gute Idee, meinst du nicht auch?" Es wurde still. Nach einer Pause fragte sie weiter: „Und stand sonst noch etwas Interessantes oder Wichtiges darin?"

Marlene zögerte. Schließlich sagte sie: „Nein, nichts von Bedeutung. Du kannst beruhigt sein. Aber ich bin noch nicht fertig und werde später ein wenig weiterlesen."

„Natürlich", stimmte Sofie ein. Dann seufzte sie, schaute in die Ferne und flüsterte: „Fabian"

Das Gespräch verstummte. Nachdem Rosa das Frühstück eingenommen hatte, stand Marlene auf und sagte, dass sie nochmal in Lilis Zimmer gehen wolle. Vielleicht hatten sie und die Polizei doch noch etwas übersehen.

Zeitgleich klingelte es. Sofie stand auf und öffnete die Tür. Marlene hörte Sofies erschrockene Stimme: „Markus!" Sofort eilte auch Marlene zur Tür. Sofies Ex-Ehemann Markus war gekommen. Er schaute verbittert aus. „Du hast mir nichts von Lilis Tod gesagt. Von der Polizei musste ich es erfahren! Sie haben mir Fragen gestellt. Jetzt will ich, dass du mir in allen Einzelheiten erzählst, was mit Lili passiert ist. Es ist mein Recht als Vater, zu erfahren, was geschah!"

Sofie zögerte. Dann bat sie ihn hereinzukommen. Sie führte ihn ins Wohnzimmer, wo Rosa immer noch saß. Markus begrüßte sie, stutzte aber, als er merkte, dass mit ihr offenbar etwas nicht stimmen konnte. Sie streckte ihre Hände nach ihm aus und sagte: „Theodor! Mein Theodor!"

Er grunzte kurz und schüttelte den Kopf: „Die spinnt wohl!"

„Sie ist krank", entschuldigte Sofie Rosas Zustand. „Bitte setz dich."

Marlene flüsterte Sofie zu, ob sie alleine zurechtkommen würde, oder sie bei ihnen bleiben solle. Sofie gab zu verstehen, dass es in Ordnung wäre. Sie könne die Situation alleine meistern. Dann entschuldigte sich Marlene und verließ das Wohnzimmer.

Sie ging in Lilis Zimmer und setzte sich auf das Bett. „Der Brief", flüsterte sie. „Wo könnte Lili nur den Brief versteckt haben?" Sie durchforstete alle Regale, die Schränke und den Kleiderschrank. Sie schaute unter dem Bett nach, schob das Nachttischchen zur Seite und kroch unter den Schreibtisch. Nichts. Nirgends eine Spur von Rebeccas Brief. Er war nicht in ihrem Zimmer. Resigniert gab sie schließlich auf.

Sie lief zurück ins Wohnzimmer. Markus schrie Sofie gerade an: „Du Schlampe hast nicht auf sie aufgepasst!"

„Aber nein", jammerte Sofie.

„Ich habe es schon immer gewusst: du taugst zu nichts! Nicht einmal um dein Kind kannst du dich kümmern!"

„Bitte nicht!"

„Du bist schuld! Du Miststück! Ich werde dir zeigen, was man mit Leuten wie dir machen sollte!" Er packte Sofie. Mit der anderen Hand holte er zu einem Schlag aus. „Du Stück Dreck!"

Da sprang Marlene dazwischen. Sie schrie: „Aufhören, sofort aufhören!" Markus ließ sich nicht abhalten und schlug Sofie ins Gesicht. Sofie sackte zusammen. Er setzte nach und drückte sie auf den Boden. Marlene packte Markus so fest sie es konnte und zerrte ihn weg von Sofie. Unentwegt schrie sie: „Raus mit dir, raus! Ich rufe die Polizei! Verschwinde und komm niemals wieder!" Schützend stellte sich Marlene vor Sofie. Markus, der aussah wie ein wild gewordenes Tier, atmete schwer. „Ich werde mich an dir rächen! Wart´s ab!" Dann verließ er das Haus. Marlene strich über Sofies Gesicht. „Es tut mir so leid. Ich hatte ja keine Ahnung!"

Sofie war nun schon zwei Stunden im Bett. Marlene hatte ihr geraten, sich auszuruhen. Rosa lag auf dem Sofa. Marlene nahm ihr Handy und wählte eine Nummer. Am anderen Ende der Leitung wurde abgenommen: „Ja?"

„Fabian, bist du es? Hier ist Marlene."

Fabian begrüßte sie. Er war sich zunächst nicht sicher, ob ihr Anruf bedeutete, dass wieder etwas Schreckliches geschehen war. Doch sie beruhigte ihn. Nichts Schlimmes war geschehen. Sie hatte ihn nur anrufen wollen, um ihm zu sagen, dass sie von ihm und Lili wusste. Es wurde still. „Woher wissen Sie es?", fragte er.

Sie erzählte von Lilis Tagebüchern. Darin stand, dass Lili sehr verliebt gewesen war. Fabian bejahte. Sie waren vernarrt ineinander, erzählte er. Lili war seine große Liebe gewesen, für die er alles getan hätte. Noch immer dachte er jede Sekunde an sie. Sie gab ihm ein Gefühl, dass er zuvor noch nie erlebt hatte. Er hatte sich stark und gebraucht gefühlt. Sie hatte ihn wertgeschätzt, so wie er war. Er musste sich nicht verstellen oder vorgeben, jemand anderes oder besseres zu sein. Sie passten so gut zueinander. Dann veränderte sich seine Stimme. Er vermisste sie so sehr. Wie konnte er nur ohne sie weiterleben? Er konnte es nicht fassen, dass ihr jemand so etwas Grausames angetan haben konnte. „Wer war nur im Stande dazu?", Fabians Stimme bebte.

Marlene konnte ihm das natürlich nicht beantworten. Stattdessen fragte sie nach Rebecca Schulz. Hatte er ihren Namen schon einmal gehört? Es wurde still. Marlene setzte noch einmal nach. Doch dann sagte

Fabian schließlich: „Nein, tut mir leid. Mit dem Namen verbinde ich nichts."

Marlene stutzte. Hatte ihm Lili nichts davon erzählt? Dann bedankte sie sich für das Gespräch und versprach, ihm sofort Bescheid zu geben, falls sich etwas Neues ergeben würde. Sie beendete das Gespräch und legte das Handy aus der Hand.

Am Abend klingelte es an der Tür. Sofie, die in der Zwischenzeit aufgestanden war, zögerte. Vielleicht war es Markus, der zurückkam? Bevor sie öffnete fragte sie: „Wer ist da?"

Sie vernahm eine Frauenstimme. Melina war gekommen. Freudig machte Sofie die Tür auf und beide nahmen sich in den Arm. Marlene war in dem Moment aus der Küche dazugekommen.

„Ich hatte noch ein paar Bücher von Lili zu Hause und wollte diese zurückgeben", begründete Melina ihren Besuch, während sie ins Wohnzimmer gingen. Sofie bedankte sich dafür und meinte, dass sie die Bücher auch behalten dürfe, wenn sie es wolle. Dann holte Melina ein kleines Schmuckkästchen hervor. Sie öffnete es. Darin lag ein wertvolles Goldkettchen. „Das hatte mir Lili ausgeliehen. Ich wollte fragen, ob ich es als Andenken behalten darf?" Sofie nickte und sagte liebevoll: „Wenn es dir wichtig ist, dann darfst du es behalten." Freudig steckte es Melina ein.

Marlene lenkte das Gespräch auf Fabian. Melina räusperte sich und setzte sich aufrecht hin. Er und Lili hatten eine heimliche Beziehung miteinander gehabt, erzählte sie. Melinas Augen weiteten sich. „Ja?", fragte sie ungläubig.

„Ja, hatte sie dir darüber nichts erzählt?", wollte Marlene wissen.

Melina schüttelte energisch den Kopf. „Nein, davon wusste ich nichts. Ich … ich weiß nicht, was ich dazu sagen soll."

Ihr Körper spannte sich zusehends an. Marlene beobachtete sie genau. Nervös sagte Melina: „Ja, gut. Also vielen Dank für die Kette, ich werde jetzt wieder gehen."

Sie standen auf. Beiläufig fragte Marlene nach Rebecca Schulz. Melina sagte wie selbstverständlich: „Ja klar kenne ich sie. Rebecca war ein Mädchen aus Lilis Ballettgruppe. Sie war die Begabteste. Lili war immer ein großes Vorbild für sie gewesen und Rebecca hatte meist ihre Nähe gesucht. Sie ging in die 5. Klasse in unserer Schule. Oft haben wir uns über Rebecca unterhalten."

Marlene runzelte die Stirn: „Warum sprichst du in der Vergangenheit? Gibt es dafür einen Grund? Was ist denn mit Rebecca passiert?"

Melina erklärte: „Rebeccas Familie ist vor Kurzem zurück nach Australien gezogen. Ihre Familie kommt ursprünglich aus Sidney. Sie waren nur vorübergehend in Deutschland, weil ihr Vater hier in Bruchsal ein Projekt leitete, das nun beendet ist. Jetzt lebt sie wieder dort."

Marlene überlegte. „Und hat dir Lili erzählt, dass Rebecca einen Brief geschrieben hat?"

„Einen Abschiedsbrief? Nein, davon hat sie mir nichts erzählt. Von einem Brief weiß ich nichts. Das war ja lieb von Rebecca", lächelte sie.

„Ja, das war lieb", wiederholte Marlene.

Anschließend verabschiedeten sie sich. Melina verließ das Haus. Als sie wieder alleine waren fragte Sofie: „Was denn für einen Brief?"

„Ach nichts. Ein rührender Abschiedsbrief war das. Weiter nichts."

„Und wer ist diese Rebecca?"

„Sie ist ein armes, armes Mädchen." Damit ließ sie Sofie stehen und ging auf ihr Zimmer.

Das Gespräch mit Melina ließ Marlene nicht los. Rebecca lebte also nicht mehr in Bruchsal. So gesehen musste Lili die einzige Person gewesen sein, die von dem sexuellen Missbrauch etwas wusste. Nun, nach Lilis Tod und dem Verschwinden des Briefes, war der Mörder sicher und keiner konnte mehr etwas gegen ihn unternehmen. Wenn sie doch nur den Brief mit seinem Namen als Beweis hätten! Gäbe es denn keine Möglichkeit, die Identität des Täters herauszufinden? Sie überlegte. Sie müssten Rebecca in Sidney ausfindig machen, anschreiben und um eine Aussage bitten. Wenn Rebecca der Polizei gegenüber von dieser traumatischen Erfahrung berichten würde, dann hätten sie ihn überführt. Gleich morgen wollte sie mit Hauptkommissar Gubary darüber sprechen.

Mit neuer Zuversicht entschloss sie sich, in der Küche einen Tee aufzusetzen. Während sie das Wasser in den Kocher schüttete, wiederholte sie in Gedanken das Gespräch mit Melina. Irgendetwas Wichtiges wollte sie doch noch gefragt haben, aber ihr fiel es nicht ein. Sie zuckte mit den Schultern. Dann nahm sie verschiedene Teesorten aus dem Schrank. Auf einer las sie den Slogan: `English tea for perfect moments´. Da fiel es ihr wie Schuppen von den Augen. Nach `Mr. Perfect´ wollte sie sich erkundigen! Vielleicht hatte Lili Melina gegenüber etwas von ihm erwähnt. Das wäre eine weitere Möglichkeit gewesen, die Identität des Täters herauszufinden. Schnell lief sie in ihr Zimmer und holte ihr Handy. Sie wählte Melinas Nummer. Es dauerte einige Sekunden, bis Melina abnahm. „Hallo Melina, entschuldige bitte, ich habe eine wichtige Frage an dich. Ich hoffe, ich störe nicht?"

Zögerlich antwortete Melina: „Nein, es ist in Ordnung. Ich gehe gerade spazieren."

„Gut. Also hör zu, sagt dir die Bezeichnung `Mr. Perfect´ etwas? Irgendein Name, der dir einfällt oder der dazu passen könnte?"

Melina wiederholte ungläubig: „`Mr. Perfect´? Ich weiß nicht genau, aber manchmal nannten wir …"

Noch bevor Melina einen Namen sagen konnte, hörte Marlene durchs Handy ein dumpfes Geräusch. Dann ein lautes Poltern. Nach einem kurzen Moment der Stille wurde aufgelegt. Marlene hielt apathisch ihr Handy in der Hand. Sie stammelte: „Melina? Hörst du mich? Melina!" Irgendetwas war geschehen. Marlene wusste nicht, was sie tun sollte. Angst stieg in ihr empor.

8

Marlene saß einige Sekunden bewegungslos da. Sollte sie Zeuge eines zweiten … nein, das durfte nicht sein! Sie wagte es nicht, den Gedanken zu Ende zu denken. Panisch wählte sie nochmal Melinas Nummer. Es klingelte. „Bitte, nimm ab", flehte Marlene. Doch der Anruf wurde nach mehrmaligem Klingeln weggedrückt. Was sollte das bedeuten? War Melina es, die nicht telefonieren wollte, oder hatte ein anderer das Telefonat unterbunden? Wenn es nicht Melina war, wer dann? Wer war mit ihr gerade in diesem Moment zusammen? In ihrer Not wählte sie eine andere Nummer. Kurze Zeit später nahm Luca ab: „Ja, bitte?"

„Hallo Luca, bitte, du musst mir helfen! Ich weiß nicht, was ich tun soll" Sie erzählte ihm von ihrem Telefongespräch mit Melina und dem abrupten Ende. Sie hatte furchtbare Angst, dass Melina etwas zugestoßen sein könnte. „Bitte, wir müssen etwas unternehmen! Wir müssen herausfinden, was geschehen ist."

Es wurde für einen Moment still. Dann schlug Luca vor: „Wie wäre es, wenn wir uns alle bei Melina zu Hause treffen. Sie wohnt in der Wiesenstraße 113. Ich werde Sonja und Fabian informieren und dann überlegen wir, was wir tun können. Bitte bleiben Sie ruhig. Vielleicht gibt es eine einfache Erklärung."

Marlene stimmte zu. Dann legte sie auf. Schnell ging sie zu Sofie und erzählte, was passiert war. Sie musste sich beeilen und schnell zu Melina fahren. Die anderen würden sich dort mit ihr treffen. Sofies Augen weiteten sich. Sie bekam furchtbare Angst. Auf keinen Fall wollte sie Marlene begleiten. Sie bat Marlene, vorsichtig zu sein. Wie schrecklich war das, was sie in den letzten Tagen erleben mussten. Sofort fing Sofie an zu weinen. Sie konnte nicht an sich halten. Ihre Erinnerungen und ihr Schmerz über den Verlust von Lili überkamen sie. Marlene strich ihr kurz über die Wange und verabschiedete sich. Hektisch verließ sie das Haus.

Etwa zehn Minuten später kam sie in der Wiesenstraße 113 an. Es war das Elternhaus von Melina. Die anderen aus der Gruppe waren noch nicht da. Sie stieg aus und betätigte die Klingel. Ein Hund schlug an. „Einen Augenblick bitte", hörte Marlene vom Inneren des Hauses. Dann wurde das Bellen leiser. Es öffnete Frau Bachter, Melinas Mutter. „Ja, bitte?", fragte sie. Marlene stellte sich vor und bat, hereinkommen zu dürfen. Frau Bachter nickte und führte Marlene ins Wohnzimmer. „Mein Beileid wegen Lili", sagte sie mit gedämpfter Stimme.

Marlene bedankte sich und sogleich begann sie, von ihrem Telefonat mit Melina zu berichten. Das schnelle und ungewöhnliche Ende und die Tatsache, dass Melina ihr Handy nicht mehr abnahm, machte ihr Sorgen. Frau Bachter hörte aufmerksam zu. Vielleicht gab es eine einfache Erklärung, meinte sie nüchtern. Vielleicht war sie gerade im Gespräch gewesen und wollte nicht mehr telefonieren?

Ungeachtet dessen, was Frau Bachter sagte, fragte Marlene weiter: „Wissen Sie, ob Melina mit jemandem heute Abend verabredet war? Als ich mit ihr telefonierte war es bereits halb acht.

Frau Bachter unterbrach ihren Gedankenfluss und überlegte. Sie konnte sich nicht erinnern. Melina hatte wohl mit mehreren Leuten telefoniert, aber mit wem sie verabredet gewesen sein könnte, das wusste sie nicht.

Es klingelte. Wieder bellte es aus einem der hinteren Räume. Kurze Zeit später kam Frau Bachter mit Sonja, Luca und Fabian herein. Nochmals berichtete Marlene von ihrem Telefonat mit Melina. Alle waren sich einig, dass es untypisch für Melina gewesen wäre, ein Telefonat zu unterbrechen. Sie würde auch in jedem Fall ein Gespräch annehmen. Melina war immer sehr neugierig und ließ nie einen Anruf unbeantwortet.

Marlene fragte in die Runde: „Mit wem könnte Melina verabredet gewesen sein? Wahrscheinlich war sie nicht alleine." Alle schauten sich an. Luca war zu Hause gewesen, berichtete er. Sonja wollte am Abend zu ihm kommen. Fabian war auch daheim und spielte ein Computerspiel. „Es muss ein Fremder gewesen sein", resümierte Sonja.

„Sie sagte nur: `Bis gleich, bin spätestens in einer Stunde wieder zurück.´ Dann ging sie fort", berichtete Frau Bachter.

„Jetzt ist es kurz nach acht. Sollen wir abwarten, bis halb neun?", fragte Fabian. „Vielleicht kommt sie ja zurück."

„Auf keinen Fall!", sagte Marlene schnell. „Wir müssen etwas unternehmen. Wenn sie mit einem Fremden verabredet war, dann könnte ihr …", sie stockte kurz. „Vielleicht ist ihr tatsächlich etwas zugestoßen, dann kommt es auf jede Minute an."

Frau Bachter, die sich bis dahin eher nüchtern verhalten hatte, bekam ein sorgenvolles Gesicht: „Vielleicht sollten wir sie suchen gehen? Wenn Melina etwas passiert sein sollte, dann braucht sie Hilfe!"

„So ist es", bestätigte Marlene. „Sagt bitte, wo geht Melina normalerweise spazieren?"

Frau Bachter überlegte. Melina war mit ihrem Hund gerne am Fanfarenheim gelaufen. Das lag ganz in der Nähe. Dort gab es viele schöne Wege entlang und durch den Stadtwald.

Marlene stand auf. Sie schlug vor, zuerst dort nach ihr zu suchen. Frau Bachter sollte hier bleiben und alle informieren, falls Melina wieder nach Hause zurückkommen würde. Den Hund wollte Marlene gerne mitnehmen, vielleicht würde er Melinas Fährte aufnehmen. Frau Bachter war einverstanden. Sie holte den Hund aus der Küche, einen Golden Retriever namens Bodo, leinte ihn an und übergab ihn an Marlene.

Die Gruppe machte sich zu Fuß auf den Weg. Marlene überlegte, dass es von Nutzen sein könnte, wenn sie sich aufteilen würden. Es gab mehrere Wege. Sie sollten, soweit es ging, möglichst alle ablaufen. Die vier waren sich einig. Vom Parkplatz des Fanfarenheims aus führte ein Weg hinauf in den Wald. Fabian erklärte sich bereit, diesen Weg abzulaufen. Die anderen liefen den Hauptweg entlang. Dieser teilte sich nach etwa 300 Metern. Luca und Sonja entschieden, gemeinsam links abzubiegen. Marlene ging mit dem Hund gerade aus. In regelmäßigen Abständen hörte man Melinas Namen rufen. Marlene lief langsam und schaute dabei links in die Böschung. Wenn Melina etwas zugestoßen war, dann lag sie vielleicht irgendwo verborgen im Gebüsch.

Die Gruppe hatte vereinbart, sich gegenseitig anzurufen, wenn jemand Melina gefunden hatte. Bodo zog an der Leine. Er schnüffelte mal rechts, mal links am Weg. Öfter hob er das Bein und markierte sein Revier.

Nach etwa fünfzehn Minuten sah Marlene auf der linken Seite ein aus Stein gebautes kleines Häuschen. Es hatte keine Fenster und keine Tür. Es sah aus, wie ein Unterstand für Wanderer, wenn es gewitterte. Bodo zog heftig an der Leine. Marlene konnte ihn kaum halten. Sie lief schneller. Bodo lief geradewegs zu dem Gebäude. Marlene schaute ungläubig hinein. Im Inneren saß Melina mit geschlossenen Augen auf einer Bank. Bodo sprang ihr entgegen und an ihr hoch. Da sackte ihr lebloser Körper in sich zusammen. Marlenes Atem stockte. An der Rückwand, an der Melina angelehnt war, sah sie etwa in Brusthöhe Blut. Sie rief mehrmals hilflos Melinas Namen, als ob sie sie aufwecken könnte. Tränen liefen ihr die Wange hinunter. Wer konnte nur so etwas Grausames getan haben? Zuerst Lili und jetzt Melina! Mit zitternden Händen wählte sie Lucas Nummer. Sie berichtete mit bebender Stimme von ihrem Fund. Luca war ganz aufgeregt und wollte Fabian und Sonja sofort informieren. Marlene sollte nichts anfassen und umgehend die Polizei informieren. So gesagt beendete Marlene das Gespräch mit Luca und rief Hauptkommissar Gubary an. Fabian kam als erstes bei Marlene an. Er atmete schnell, da er den ganzen Weg gerannt war. Marlene führte ihn ins Häuschen. Fassungslos sah er, wie Melina auf der Bank lag. Es war still und sah fast friedlich aus. Sie hielten sich im Arm. Dann erblickte auch er den Blutfleck an der Wand. „Sie muss erstochen worden sein", flüsterte er nach einer Pause, „rücklings."

„Du meinst, sie wurde erstochen, während sie ihrem Mörder den Rücken kehrte?" Marlene dachte an das Telefonat. Vielleicht war Melina der Anruf unangenehm gewesen und deswegen drehte sie sich um? „Wie grausam", hauchte sie. „Sie hatte keine Chance, sich zu wehren."

Schließlich kamen Sonja und Luca zum Tatort. Auch sie schauten fassungslos Melinas Leichnam an. Stumm kamen sie aus dem Häuschen heraus. Niedergeschmettert und machtlos standen sie auf dem Weg zusammen. Sie überlegten, wie der Mord stattgefunden haben musste.

„Ich denke, der Mörder hat sie hier auf dem Weg getötet und sie dann auf die Bank gesetzt", erklärte Luca.

„Aber wieso setzte er sie hier hinein?", fragte Sonja.

„Wenn er sie auf dem Weg hätte liegen lassen, dann wäre sie sofort gefunden worden", kombinierte Luca. „Der Plan war bestimmt, dass sie dort eine Weile nicht gefunden werden sollte. Das würde dem Mörder Zeit verschaffen, zu fliehen."

Die Erklärung leuchtete allen ein. So musste es gewesen sein.

Fabian überlegte: „Marlene, ruf bitte nochmal bei Melina an. Ich möchte wissen, ob ihr Handy hier irgendwo liegt oder ob der Mörder es mitgenommen hat."

Marlene nickte. Sofort nahm sie ihr Handy und wählte Melinas Nummer. Alle lauschten intensiv, doch kein Klingelton und kein Vibrieren war zu vernehmen. Der Mörder hatte Melinas Handy eingesteckt oder in der Zwischenzeit zerstört. So konnte niemand nachprüfen, mit wem Melina am Nachmittag telefoniert hatte. Die Gruppe vernahm ein Sirengeräusch. Mit Blaulicht kamen mehrere Polizeiwagen angefahren. Allen voran stiegen Hauptkommissar Gubary und Kommissar Hauser aus. Sie kamen auf direktem Weg auf sie zu.

„Bitte, wo ist die Tote?", fragte Hauptkommissar Gubary.

Marlene führte ihn ins Häuschen. Kommissar Hauser wies an: „Bitte, gehen Sie einen Schritt zurück. Wir müssen den Tatort absperren und der Spurensicherung Platz machen."

Die vier gingen zur Seite. Es kamen verschiedene Beamte, die den Tatort nach kleinsten Spuren absuchten, Fotos schossen und Abstände maßen.

Hauptkommissar Gubary kam dicht an die vier heran. Er wollte wissen, wie es dazu kam, dass sie die Leiche gefunden hatten. Marlene erzählte ihm von ihrem Telefonanruf mit Melina.

„Sie war also nicht alleine, glauben Sie?", fragte Hauptkommissar Gubary dazwischen.

„Ja, ich denke, es war jemand bei ihr. Ihr war mein Anruf offenbar unangenehm. Sie sprach sehr leise und zurückhaltend. Dann wollte sie mir einen bestimmten Namen nennen, doch dazu kam es nicht mehr. Sie wurde getötet, bevor sie ihn aussprechen konnte."

„Einen bestimmten Namen?"

Marlene druckste herum. Sie wollte hier nicht vor allen über Lilis Tagebuch und Rebeccas Geschichte berichten. „Nun", begann sie, „es handelte sich um den Namen des Mörders. Der Mann, der bei uns eingebrochen und folglich auch Lili umgebracht haben musste."

Hauptkommissar Gubary kniff die Augen zusammen. „Der Name des Mörders also? Darüber muss ich mehr erfahren. Lassen Sie uns noch einmal ausführlicher darüber sprechen." Dann drehte er sich um. „Sie wurde erstochen, wie und wo erfuhren sie davon?"

Marlene erklärte, dass sie nach dem abgebrochenen Anruf sofort die Mutter aufgesucht und die Gruppe informiert hatte. Laut der Mutter wollte Melina spazieren gehen. Sie hatten den Einfall gehabt, hier nach ihr zu suchen, weil Melina die Strecke häufig mit ihrem Hund Bodo gelaufen war. Sie deutete auf Bodo, den sie in der Zwischenzeit an einem Baum festgebunden hatte. Hier kannte sich Melina gut aus. „Nachdem wir die Leiche gefunden hatten, habe ich Sie sofort angerufen." Marlene verstummte.

Hauptkommissar Gubary war fürs Erste zufriedengestellt. „Die Mutter muss informiert werden", sprach er leise vor sich hin. Diese schwierige und belastende Aufgabe musste er selbst übernehmen. Dann erklärte er laut, dass er später persönlich die Mutter aufsuchen und sie über den Tod ihrer Tochter informieren wollte. Er nickte bestätigend.

Die Gruppe um Marlene sollte jetzt nach Hause gehen. Später würde er sie einzeln befragen. Nach einer kleinen Denkpause fragte er: „Haben Sie das Handy der Toten gefunden?"

Marlene verneinte.

„Nun, gut, vielleicht werden wir es hier im Umkreis finden. Und die Tatwaffe ist sicherlich auch verschwunden?"

Die vier schauten sich an. Ein Messer oder etwas Ähnliches hatten sie nicht gefunden.

Der Hauptkommissar nickte. Die Gruppe durfte nun gehen. Marlene verabschiedete sich bei ihm. Sie gab den anderen ein Zeichen und so verließen sie den Tatort. „Bitte kommt noch mit zu mir, dann können wir uns nochmal darüber austauschen", schlug Marlene vor. Die drei waren sofort einverstanden. Sie wollten sich in einer knappen Viertelstunde bei Marlene treffen.

Als Marlene bei Sofie zu Hause ankam, stand ihre Freundin bereits im Flur. Sie war besorgt, weil Marlene so lange weggeblieben war, ohne sich bei ihr gemeldet zu haben. Marlene bat Sofie, sich hinzusetzen. Dann sprach sie langsam und eindringlich: „Melina wurde auch getötet, wie Lili. Wir glauben, dass sie rücklings erstochen wurde. Wer der Täter ist und warum sie sterben musste, das wissen wir nicht."

Es schien so, als ob Sofies Blut plötzlich aus ihrem Gesicht gewichen war. Bleich und fahl starrte sie in Melinas Augen. „Aber wieso sollte jemand zwei so liebenswerte junge Frauen umbringen? Ist das ein

Verrückter vielleicht, der wahllos und sinnlos und ganz barbarisch mordet?" Sie konnte es nicht begreifen.

„Gleich werden die übrigen Freunde zu uns kommen. Wir wollen uns nochmal darüber unterhalten", erklärte Marlene.

Sofie nickte. Dann klingelte es schon. Sonja, Luca und Fabian traten ein. Sie begrüßten Sofie höflich und setzten sich anschließend im Wohnzimmer auf das Sofa.

Es herrschte eine bedrückende Stimmung. Dann räusperte sich Marlene. Sie hatte sich dazu entschlossen, Rebeccas Geschichte zu erzählen. Vielleicht würden die anderen etwas zur Klärung beisteuern können. Sie begann mit dem Eintrag in Lilis Tagebuch, worin von Rebeccas Missbrauch berichtet und der Täter als `Mr. Perfect´ und `Mr. eloquent und zuvorkommend´ betitelt war. Sofie konnte nicht glauben, was Marlene da erzählte. Dann beschrieb Marlene weiter, wie sie das einzige Beweisstück, Rebeccas Brief, in Lilis Zimmer gesucht und nicht gefunden hatte. Der Täter schien ihn bereits beim Einbruch gefunden und an sich genommen zu haben. Zum Abschluss ihrer Rede erklärte sie, dass Melina gerade im Begriff war, am Handy dessen Namen zu verraten, aber dann leider zuvor getötet wurde.

Die Gruppe war schockiert. So etwas hatten sie nicht erwartet. Leider konnte sich niemand einen Reim darauf machen, wer mit den Synonymen gemeint war. Lili hatte offenbar mit Melina als beste Freundin einen besonderen Code, den sie für verschiedene Personen verwendeten und von dem niemand etwas wusste. Selbst Fabian, der nochmals explizit von Marlene darauf angesprochen wurde, kannte die Namen nicht.

„Weil Melina die Identität des Mörders kannte, musste sie sterben", mutmaßte Marlene.

So musste es gewesen sein. Das, was Marlene erklärte, schien schlüssig zu sein. Darin waren sie sich alle einig. Melina war für den Mörder zur Gefahr geworden.

Dann kam Fabian noch ein weiterer Gedanke: „Vielleicht hatte sie ja auch an der Geburtstagsfeier etwas gesehen, was ihr auffällig erschien?" Er überlegte. „Stellt euch vor, sie sah etwas Belastendes? Etwas, was sie zunächst nicht verstand. Dann, Tage später, hatte sie realisiert, dass es wichtig war. Und daraufhin sprach sie den Mörder an."

„Aber was könnte ihr aufgefallen sein?", fragte Luca.

„Ich weiß es nicht. Wie jemand alleine in Lilis Zimmer ging zum Beispiel. Ein Fremder vielleicht?"

„Aber sie wurde doch außerhalb vergiftet", meinte Sonja, „als sie sich mit dem Mörder traf. Im Zimmer geschah doch nichts Auffälliges. Es war niemand da. Wir waren doch alle dabei."

Fabian nickte. Damit hatte Sonja Recht. Es wurde still. Alle schauten sich an. Ohne wirklich einen Schritt weitergekommen zu sein, verabschiedeten sie sich.

Als Marlene mit Sofie alleine war, kam Sofie ganz dicht an sie heran. Sie hatte unheimliche Angst. Irgendein Verrückter trieb sein Unwesen. Zwei unschuldige Mädchen waren gestorben. Es war sinnlos und einfach nur grausam.

Das Frühstück wollte Marlene im Freien einnehmen. Sofie war noch nicht aufgestanden. Sie stand vor dem Wintergarten, streckte sich und atmete die frische Luft ein. Es war bereits am Morgen warm und die Sonne schien auf ihr Gesicht. Eine ihr bekannte Stimme begrüßte sie: „Guten Morgen, wie geht es Ihnen?"

Oliver war um die Ecke gekommen. Er schob den Rasenmäher vor sich her. Marlene drehte sich um und nickte ihm zu. „So früh schon bei der Arbeit?"

„Der frühe Vogel fängt den Wurm", antwortete er schmunzelnd. „Es soll heute sehr heiß werden. Da möchte ich früh fertig werden, damit ich nach der Arbeit noch etwas von dem schönen Wetter habe."

„Ja, ich verstehe."

„Ich habe gehört, was gestern passiert ist. Es geht herum wie ein Lauffeuer. Es ist schrecklich! Sie wurde erstochen, heißt es?"

„Ja, das ist richtig", bestätigte Marlene. Sie blickte zu Boden.

„Ein Verrückter! Sollte aufgeknüpft werden, meiner Meinung nach! Wie furchtbar, dass schon zwei Mädchen tot sind."

„Wie meinen Sie das?"

„Na, vielleicht kommt noch ein weiteres Mädchen zu Tode. Ein Irrer, vielleicht ein Serienmörder, der sich an junge Mädchen ran macht und sie aus einer krankhaften Triebhaftigkeit tötet."

„Ich denke, die beiden Morde hängen zusammen", erklärte Marlene.

„So? Meinen Sie? Aber welchen Grund sollte es dafür geben?"

„Hören Sie, darüber möchte ich jetzt nicht sprechen. Es gibt Gründe, die ich Ihnen nicht schildern kann."

„Alles klar", Oliver winkte ab. Er schüttelte den Kopf. Dann lief er mit seinem Rasenmäher an ihr vorbei.

„Einen Moment", rief Marlene ihm hinterher." Sagen Sie, wo waren Sie gestern Abend? Nur aus Interesse."

Oliver kniff die Augen zusammen und schaute sie belustigt an. „Ich?", fragte er. „Ich war zu Hause bei meiner Frau Leslie. Sie kann es bezeugen."

Marlene nickte. „Danke"

„Ja, ja, nur aus Interesse." Dann kam er ganz dicht an sie heran. „Ich sage Ihnen was, ich bin nicht der Gesuchte. Da sind Sie auf der falschen Fährte." Dann drehte er sich um und ließ sie stehen. Kurze Zeit später hörte man, wie er begann, den Rasen zu mähen.

Sofie öffnete die Tür zum Wintergarten und trat zu Marlene hinaus. Sie überspielte ihre unterschwellige Angst und Unsicherheit, indem sie lächelte und sagte: „Es wird ein schöner Tag heute."

Marlene wusste nicht, ob sie sich über Sofies gespielte Leichtigkeit freuen oder Sorgen machen sollte. Sie war tieftraurig und wie gelähmt, weil sie weder Lili noch Melina hatte beschützen können. Sie hatte auch keine Idee, keinen weiteren Ansatzpunkt, an dem sie anknüpfen konnte. Ratlos schaute Marlene Sofie an. „Ja?", erwiderte Marlene. Sofort löste sich Sofies aufgesetzte Leichtigkeit auf und ihr leeres, müdes Gesicht kam zum Vorschein.

„Ich weiß nicht, wie ich es überstehen soll", flüsterte sie. „Es ist wie eine Feuerwalze, die uns überrollt und die nur verbrannte Erde hinterlässt."

„Ich verstehe dich, Sofie. Irgendwann wird es vorüber sein. Dann werden wir wieder atmen und unser Leben neu aufbauen können."

Sofie schaute Marlene traurig an: „Ich weiß nicht, ob ich das schaffen werde. Ich weiß nicht, ob ich das jemals wieder kann."

Aus dem Inneren des Hauses hörte Marlene, wie ihr Handy klingelte. Sie entschuldigte sich bei Sofie und ging hinein. Dann nahm sie ab: „Ja bitte?"

„Ich bin es, Fabian." Unsicher sagte er: „Ich hatte gestern Abend nach unserem Gespräch noch eine Idee bekommen. Ich weiß nicht, ob es wichtig ist, aber ich möchte mit Ihnen darüber sprechen."

Marlene ermutigte ihn, davon zu berichten.

„Es könnte noch ein weiteres Motiv gegeben haben, Melina umzubringen."

„Ein weiteres Motiv?", fragte Marlene.

„Ja, schauen sie. Melina war in mich verliebt. Das wussten alle und es war sehr auffällig. Melina war eifersüchtig auf Lili, als wir zusammenkamen.

Vielleicht konnte sie es nicht verkraften und vielleicht … war sie es, die Lili umgebracht hatte."

„Aus Eifersucht, meinst du?", fragte Marlene.

„Ja. Dafür konnte sich jemand an ihr rächen wollen. Und dieser Jemand hat dann Melina getötet."

„Aber das ist ja ganz unglaublich. Meinst du, Melina war so sehr in dich verliebt, dass sie so etwas tatsächlich in die Tat umgesetzt hätte?"

„Man brauchte nicht viel Kraft dazu, Lili zu ertränken", meinte Fabian. „Der Hauptkommissar hatte das gesagt."

Marlene überlegte. Es wäre vielleicht eine Möglichkeit gewesen. Aber wer hätte dann den Tod an Lili rächen wollen und Melina töten sollen? Es war unglaublich. Marlene kam nur Fabian selbst in den Sinn. Als Lilis Partner war er der einzige, der ein Motiv gehabt hatte. Aber warum sollte Fabian diese Möglichkeit zur Sprache gebracht haben, wenn er selbst der Mörder war?

Fabian erklärte, dass es etwas Verborgenes geben musste, dass sie bis zu diesem Zeitpunkt noch nicht wüssten. Wenn er Recht hatte mit seiner Annahme, dass Melina eine Mörderin war, dann musste es jemand noch Unbekanntes geben, der den Tod rächen wollte.

Marlene zuckte zusammen. Sofort kam ihr Lilis Vater Markus in den Sinn. Wenn er von Melina gewusst hatte, dann hätte er vielleicht den Tod an seiner Tochter vergelten wollen. Er war gewaltbereit, das zeigte sich bei seinem Besuch. Vielleicht war er auch ein Mörder? Marlene dachte nach.

„In welcher Beziehung standen eigentlich Lili und Sonja?", wechselte sie das Thema.

„Nun, Lili mochte Sonja nicht. `Sie ist dumm wie Stroh´, sagte sie einmal. Sie verstand nicht, wie Luca mit ihr zusammen sein konnte. Sonja ihrerseits war eifersüchtig auf Lili, weil die sich so gut mit Luca verstand. Sie war immer misstrauisch, wenn sie sich begegneten. Sonja wusste nichts von Lili und mir. Lili sagte einmal zu mir, Luca und sie seien wie Seelenverwandte. Sie verstanden sich ohne Worte. Jeder wusste, wie der andere fühlte. Und das auf ganz platonische Art. Sonja konnte damit nicht umgehen. Sie dachte sofort, da läuft was."

„Aber da lief nichts?"

„Nein, wie gesagt, das war nur platonisch."

Marlene ließ sich Fabians Worte noch einmal durch den Kopf gehen. Es gab viel Potential und verschiedenste Befindlichkeiten innerhalb der Gruppe. Sie bedankte sich bei Fabian für sein Vertrauen und sagte, dass sie sich Gedanken zu seinen Äußerungen machen würde. Sie legten auf. Marlene setze sich und dachte über das

Gespräch nach. Da klingelte es. Sofie kam aus dem Garten herein und öffnete die Tür.

Wenige Augenblicke später standen Hauptkommissar Gubary und Kommissar Hauser im Wohnzimmer. Sofie bot den Kommissaren einen Platz auf dem Sofa an. Marlene öffnete das Fenster, weil es stickig war. Sie rief Oliver zu, der noch am Rasenmähen war, ob er eine kurze Pause machen könnte. Dieser winkte ihr zu und sogleich verstummte das brummende Geräusch.

„Sie deuteten gestern an, dass Melina offenbar den Namen von Lilis Mörder kannte und diesen ihnen gegenüber am Telefon benennen wollte?", begann der Hauptkommissar. „Kurz bevor sie erstochen wurde?"

Marlene bejahte unsicher. Sie war ob der vielfältigen Möglichkeiten, die sie mit Fabian und der Gruppe besprochen hatte, ganz durcheinander. Dann entschied sie sich von Lilis Tagebucheintrag und Rebeccas Brief zu berichten. Es könnte so gewesen sein, dass Melina wusste, wer der Mörder war. Die übrigen Spuren und Gedanken behielt sie für sich.

„Und diese Rebecca Schulz ist mit ihrer Familie zurück nach Australien gezogen?"

„Das ist richtig."

„Nach Sidney, sagen Sie?"

Marlene nickte.

„Hauser, bitte veranlassen Sie, dass Rebecca Schulz von den australischen Kollegen ausfindig gemacht, kontaktiert und befragt wird. Wenn dem so ist, dann wird sie uns den Namen des Täters nennen, da bin ich mir sicher. Vielen Dank, Frau Kunzig, für Ihre Mithilfe. Sie werden uns natürlich das Beweismaterial aushändigen?"

„Natürlich." Marlene wollte gerade aufstehen, um die Tagebücher zu holen, da sagte der Hauptkommissar: „Später, Frau Kunzig, später." Dann wandte er sich an Sofie: „Sagen Sie, Frau Wiesenmann, es ist von immenser Wichtigkeit für uns zu wissen, wer im Falle Ihres Todes einmal das Familienvermögen erben wird? Jetzt, da Lili nicht mehr am Leben ist."

Sofies Augen weiteten sich. „Wenn ich gestorben bin?", fragte Sofie unsicher. Der Hauptkommissar nickte und bat sie, die Frage so gewissenhaft wie möglich zu beantworten.

„Nun, Lili sollte alles erben. Sie war die Alleinerbin." Dann überlegte sie und plötzlich schaute sie Marlene erschrocken an.

„Haben Sie ein Testament gemacht?"

„Nein, das habe ich nicht gemacht." Noch immer schaute sie Marlene an. Dann erklärte sie zögerlich: „Ich hatte einen acht Jahre älteren Bruder, Aaron hieß er. Er ist vor knapp 30 Jahren in die USA ausgewandert. Wir hatten damals einen furchtbaren Familienstreit. Mutter hatte ihn verstoßen, weil er gegen ihren Willen eine Frau geheiratet hatte, die unter ihrer Würde war. Seine Frau bekam noch dazu einen Sohn, den Mutter nicht akzeptierte. Aaron entschied sich, zu seiner Frau und seinem Kind zu stehen und verließ die Familie. Wir hatten all die Jahre keinen Kontakt zu ihm und seiner Frau. Irgendwann, vor einem halben Jahr vielleicht, erhielten wir einen Brief. In dem Brief stand, dass er bei einem Autounfall ums Leben gekommen sei. Ich war sehr traurig. Mutter war schon dement und verstand nicht mehr, dass ihr Sohn gestorben war."

„Und Sie, suchten Sie nach seinem Tod den Kontakt zu seiner Familie?"

Sofie verneinte. „Ich wusste nicht wo. Es stand kein Absender auf dem Brief. Es war eine nüchterne Mitteilung, weiter nichts. Darin stand kein versöhnliches Wort, keine persönliche Ansprache. Sie wollten keinen Kontakt, schloss ich daraus."

„Haben Sie jemals das Kind, Ihren Neffen, gesehen?"

„Nur als kleines Baby."

„Sagen Sie, wie alt müsste ihr Neffe heute sein?"

Sofie überlegte, dann sagte sie: „Er müsste knapp dreißig Jahre alt sein."

„Wie hieß ihr Neffe?"

„Marc Rösch zur Schemme, soweit ich mich erinnere", antwortete Sofie.

Hauptkommissar Gubary überlegte. „Da gibt es also einen Neffen. Der einzige Nachfahre der Familie. Und wenn Sie eines Tages sterben, würde er das gesamte Familienvermögen erben. Somit hätte er ein Motiv gehabt, seine Cousine Lili umzubringen, um in der Erbfolge der nächste zu sein. Hauser? Bitte lassen Sie die Familie Rösch zur Schemme in den USA überprüfen."

„Wird gemacht."

Hautkommissar Gubary erhob sich: „Wir werden das Mädchen und Ihren Neffen ausfindig machen. Dann sehen wir weiter. Bitte, Frau Kunzig, geben Sie mir die Tagebücher."

Marlene nickte und lief in ihr Zimmer. Kurz darauf kam sie mit den Tagebüchern zurück, die sie ihm aushändigte.

Der Hauptkommissar lächelte zufrieden: „Vielen Dank. Passen Sie gut auf sich auf. Wir werden uns bei Ihnen melden."

Dann brachte Sofie die beiden Kommissare hinaus. Marlene schloss indessen das Fenster, da es zog. Sie schaute hinaus und wunderte sich.

9

Am nächsten Morgen saß Marlene mit Rosa und Sofie beim Frühstück. Es war fast schon ein eingespieltes Ritual. Wie bereits seit einigen Tagen aß Sofie stumm und in Gedanken versunken ihr Brot, während Marlene die Aufgabe übernahm, Rosa das Frühstück zu geben. Marlene dachte an das gestrige Gespräch mit den Kommissaren. Dann fragte sie Sofie, warum sie ihr nicht schon früher von ihrem Bruder erzählt hatte? Sie wusste bis dahin nichts von ihm und seiner Familie. Sie konnte es kaum glauben, dass ihr Sofie so einen wichtigen Teil ihres Lebens verschwiegen hatte. Sofie schaute Marlene entschuldigend an. Es sei eine traurige und einschneidende Erfahrung gewesen, die sie verdrängt hatte. „Mutter war früher sehr herrschsüchtig und dominant gewesen", begann sie. „Sie bestimmte unser ganzes Leben. Sie entschied auch, wen wir zu lieben hatten und wen nicht. Als Aaron damals zum ersten Mal mit seiner Freundin zu uns nach Hause kam, da war es sofort klar, dass er sich wieder von ihr zu trennen hatte. Mutter duldete die Beziehung nicht. Jennifer stammte aus einer armen Arbeiterfamilie, ohne Kultur. Zumindest, was meine Mutter als Kultur ansah. Die Eltern waren ungelernte Aushilfskräfte in einer ansässigen Fabrik gewesen. Jennifer war ihrer Meinung nach nicht gut genug für ihn. Sie sah angeblich nur das Familienvermögen, von dem sie einen Teil abhaben wollte, was natürlich nicht stimmte. Aaron widersetzte sich ihren Anordnungen. Sie drohte ihm, dass sie ihn enterben würde."

„Tat sie es?"

„Ich weiß es nicht genau. Jedenfalls kam es noch schlimmer. Aaron heiratete sie heimlich und stellte Mutter vor vollendete Tatsachen. Jennifer war schwanger gewesen. Während der Schwangerschaft gab es erbitterte Rangkämpfe zwischen Aaron und meiner Mutter. Selbst als das Kind geboren war, gab es für Mutter keinen Grund einzulenken. Sie warf ihn schließlich hinaus und sagte, dass er ihr nie wieder unter die Augen treten sollte. Aaron zog aus. Dann hörten wir, dass er nach Amerika ausgewandert war. Das war das Letzte, was ich von ihm gehört hatte. Bis uns vor etwa einem halben Jahr die Nachricht seines Todes erreichte.

Er hatte nie mehr einen Fuß in dieses Haus gesetzt, so wie Mutter es bestimmt hatte. Es tut mir leid, Marlene, dass ich dir nie von meinem Bruder erzählt habe! Aber meine Familiengeschichte ist leider keine, die man freudestrahlend erzählen möchte. Ich schloss die Erinnerung ein und schwieg."

Marlene nickte. Sie konnte Sofies Beweggrund nachvollziehen. Es tat ihr weh, dass Sofie in ihrem Leben so viel Leid erleben musste. Und jetzt, nach dem Verlust von Lili, noch weit mehr, als man ertragen konnte. Sie dachte über Sofies Lebensgeschichte nach. Dann sagte sie: „Was ich dich schon die ganze Zeit fragen wollte, Sofie: Wohin brachte dich damals deine Mutter, als du schwanger warst? Ich meine, wo befand sich das Internat?"

„Das Internat war in Bad Tölz. Ich weiß nicht, ob es noch existiert."

Marlene wiederholte das Gesagte und bedankte sich für die Information. Dann half sie Rosa weiter beim Essen.

Als das Frühstück beendet war, ging Marlene zusammen mit Sofie in den Garten. Sie genossen für einen Augenblick die wärmende Sonne und den angenehmen Wind. Dann sah Sofie, dass der Rasenmäher, den Oliver gestern benutzt hatte, an der Hausmauer stand und nicht aufgeräumt war. Der Rasen war auch nur zur Hälfte gemäht worden. Das sah Oliver gar nicht ähnlich, bemerkte Sofie. Marlene, die dem Umstand zunächst wenig Bedeutung beimaß, meinte, dass Oliver bestimmt bald kommen und weiter machen würde. Doch Sofie war aufgeregt. Sie fand sein Verhalten nicht angebracht. Rosa hatte scheinbar in manchen Punkten auf sie abgefärbt.

„Normalerweise kommt er um acht Uhr und beginnt dann mit der Arbeit", sagte Sofie. Sie blickte auf die Uhr und bemerkte: „Jetzt ist es schon halb zehn. Das ist nicht in Ordnung!"

Marlene verstand die Aufregung nicht. Sie schlug vor, bei Oliver anzurufen und ihn zu fragen, wann er kommen würde. So gesagt gingen beide ins Haus. Sofie blätterte in ihrem Notizbuch und wählte anschließend Olivers Nummer. Stumm hielt sie den Hörer in der Hand. Dann legte sie wieder auf. Oliver war nicht ans Telefon gegangen.

„Bestimmt ist er unterwegs", beschwichtigte Marlene.

„Hoffentlich", sagte Sofie energisch.

Beide beschlossen, sich für einen Moment in den Garten zu setzen. Sofie kam zur Ruhe und Marlene hatte die Gelegenheit, ihre Gedanken in ihrem Kopf zu ordnen. Die Zeit verrann. Als Oliver gegen Mittag immer noch nicht da war, und er sich auch nicht entschuldigt hatte, machte sich Sofie Sorgen. Es war untypisch für sein Verhalten. Nach einem weiteren Anruf, der nichts ergab, beschloss Marlene zu ihm zu fahren und bei Oliver zu klingeln. Auch sie machte sich Sorgen und sie hoffte, dass nichts Schlimmes passiert sei. Nachdem ihr Sofie die Adresse gegeben hatte, machte sich Marlene mit Sofies Mercedes auf den Weg.

Etwa 15 Minuten später stand sie in der Südstadt vor einem Wohnblock. Das Haus war heruntergekommen. An den Wänden bröckelte der Putz, überall blätterte der Lack von den Fenstern und der Abschlusstür. Sie klingelte bei Hoffmann. Doch niemand öffnete. Dann schaute sie an der Fassade hinauf. In einer Etage waren die Rollläden heruntergelassen. Vielleicht schlief er noch? Marlene wusste nicht weiter. Sie stand vor der Tür und hatte keine Idee, was sie nun weiter machen sollte. Da öffnete sich die Abschlusstür und eine Frau kam heraus. Marlene fragte sie: „Kennen Sie das Ehepaar Hoffmann?"

Die Frau schaute überrascht. „Sind Sie wegen der Wohnung da?"

Marlene wiederholte ungläubig: „Wegen der Wohnung? Was meinen Sie?"

„Ich bin die Vermieterin. Die Hoffmanns sind gestern ausgezogen. Ich war gerade in der Wohnung und habe nach dem Zustand geschaut. Alles ist in Ordnung. Es ist eine möblierte Wohnung. Wenn Sie die Wohnung besichtigen wollen, dann gehe ich mit Ihnen nochmal hinauf."

Marlene war verwirrt. „Nein danke", sagte sie. „Ich wusste nicht, dass sie ausgezogen sind. Haben Sie vielen Dank."

Die Frau nickte und lächelte. Dann drehte sie sich um und ging. Marlene blieb alleine zurück. Was sollte das bedeuten, fragte sie sich. Oliver war ausgezogen, ohne Bescheid zu geben.

Marlene beschloss, wieder ins Langental zu fahren. Zusammen mit Sofie wollte sie darüber nachdenken, was das zu bedeuten hatte. Sie lief in den Garten. „Sofie!", rief sie. Aber Sofie war nicht da. Wahrscheinlich war sie wieder ins Haus gegangen. „Sofie, ich habe Neuigkeiten!" Marlene sah Rosa in ihrem Sessel sitzen, von Sofie gab es keine Spur. „Wo steckt sie denn nur?", fragte sie sich. Marlene suchte im gesamten Haus, aber Sofie war nicht da. Vielleicht war sie spazieren gegangen? Marlene wollte sich vorerst keine Sorgen machen. Sofie würde bestimmt bald wieder zurückkommen. Sie setzte sich zu Rosa und wartete. Als Sofie auch nach zwei Stunden nicht nach Hause gekommen war, machte sie sich ernsthaft Sorgen.

Was, wenn ihr etwas zugestoßen war, dachte sie. Daran war nicht zu denken.

Sie war alleine. Irgendetwas musste sie doch tun? Sie konnte doch nicht einfach nur dasitzen und abwarten? Die Minuten vergingen. Marlene starrte vor sich hin.

Nachdem sie sich einen Kaffee aufgebrüht hatte, setzte sie sich wieder zu Rosa. Diese jammerte vor sich hin. Marlene beobachtete Rosa. Rosa war der Dreh- und Angelpunkt der Familie gewesen. Was sie sagte, musste getan werden. Das hatte der Familie mitunter viel Leid gebracht, dachte sie. Dann erinnerte sich Marlene daran, was Sofie erzählt hatte. Diese bewegende Geschichte, die sie zu Tränen gerührt hatte. Sie verharrte einige Minuten in der Vergangenheit. Dann blickte Marlene auf. Sie starrte Rosa fassungslos an. Was war es noch gleich, das Rosa in ihren klaren Momenten gesagt hatte? Rosa verstand nicht mehr, was im Hier und Jetzt geschah. Was jedoch weit zurück lag, an das konnte sie sich noch gut erinnern. Wenn Marlene sich an Rosas Worte richtig erinnerte, dann machte es tatsächlich Sinn, was Rosa sagte! Es machte einen Sinn, dass sie weinte und Schuldgefühle hatte! Es machte Sinn, wenn … Aber das konnte doch nicht wahr sein? Marlene hatte eine vage Idee. Sie sagte sich: „Wenn es wirklich stimmt, dann gibt es zwei Möglichkeiten." Dann runzelte sie die Stirn. „Nein", widersprach sie sich, „es kommt nur eine bestimmte Person in Frage." Sie musste ihre Gedanken neu ordnen. Alles musste sie aus einem anderen Blickwinkel betrachten. Dann plötzlich ergab sich eine logische Kette. Alle beteiligten Personen fügten sich in ein Ganzes. Marlene stand auf. Sie musste handeln. Dafür musste sie besonnen und klug vorgehen. Sie telefonierte zunächst mit Hauptkommissar Gubary.

10

Stumm saß Marlene eine Weile lang im Wintergarten und dachte nach. Dann nahm sie entschlossen ihr Handy und wählte eine Nummer.

„Ja?", hörte sie am anderen Ende.

„Luca, ich brauche deine Hilfe. Ich weiß nicht, an wen ich mich sonst wenden sollte."

Marlene erklärte ihm, dass sie dem Täter auf der Spur sei und sie ihn als Unterstützung benötige, um ihn zu stellen. Alleine habe sie nicht den nötigen Mut dazu. Luca meinte, dass ihr Vorhaben bestimmt sehr gefährlich sein könne. Deswegen solle ja er mitgehen, bat sie. Zu zweit wären sie sicherer, als eine Person alleine, schloss sie ihre Rede. Er willigte ein. Sie verabredeten sich für 15 Uhr. Er sollte zu ihr kommen.

Sie legte auf. Dann nahm sie das örtliche Telefonbuch und suchte einen bestimmten Namen. Sie notierte die dazugehörige Adresse.

Kurz vor 15 Uhr stand Marlene vor dem Haus. Luca bog in die Einfahrt ein. Sie stieg zu ihm ins Auto. Nach einer freundschaftlichen Begrüßung nannte ihm Marlene die Adresse und beide fuhren los. „Ich bin froh, dass du mir hilfst", sagte sie.

„Das ist doch selbstverständlich", antwortete er höflich. „Ich möchte gerne wissen, wer es ist und warum Lili und Melina sterben mussten."

Marlene hüllte sich in Schweigen. Nach einer etwa zehnminütigen Fahrt standen Marlene und Luca vor einer großen Villa. Diese befand sich im Augsteiner, einer vornehmen Gegend in Bruchsal. Sie stiegen aus und klingelten. Kurz danach öffneten zwei Kinder die Tür. Der Junge war etwa sieben Jahre alt, das Mädchen mochte vielleicht zehn Jahre alt sein. „Hallo", sagte das Mädchen.

„Ist denn dein Vater da?", fragte Marlene.

Das Mädchen nickte und kicherte. „Papa, komm mal!", schrie sie nach drinnen. Die Kinder strahlten Marlene und Luca an. Dann kam der Vater zur Tür und legte seine Hände auf die Schultern der Kinder. Lucas Augen weiteten sich.

„Guten Tag, Herr Oppendoler", sagte Marlene, „dürfen wir kurz zu Ihnen hineinkommen? Wir möchten uns gern mit Ihnen unterhalten."

Etwas unsicher antwortete er: „Ja sicher, bitte kommen Sie herein." Er schob die Kinder zur Seite und bat Marlene und Luca einzutreten. Dann schickte er die Kinder fort: „Bitte geht jetzt zu Mama, sie braucht euch beim Verzieren der Geburtstagstorte. Vielleicht dürft ihr von der leckeren Buttercreme probieren!" Dann lächelte er: „Miriam hat morgen Geburtstag." Die Kinder rannten zu ihrer Mutter. Herr Oppendoler öffnete eine Tür: „Mein Arbeitszimmer", sagte er, „hier können wir ungestört reden." Nach einer Pause fragte er: „Was kann ich für Sie tun?"

„Sagt Ihnen der Name Rebecca Schulz etwas?"

Herr Oppendoler räusperte sich. Er zögerte kurz, erklärte dann aber selbstverständlich: „Natürlich, ich war ihr Klassenlehrer. Sie ging in die fünfte Klasse. Warum fragen Sie nach ihr?"

„Jetzt lebt sie nicht mehr hier."

„Richtig, sie ist mit ihrer Familie nach Australien zurückgekehrt. Aber warum wollen Sie mit mir über Rebecca Schulz reden?"

Marlene sprach ungeachtet seiner Frage weiter: „Rebecca Schulz schrieb vor ihrer Abreise einen Brief an Lili Wiesenmann, zu der sie Vertrauen hatte. Darin stand, dass Sie, Herr Oppendoler, Rebecca regelmäßig sexuell missbraucht haben."

Herr Oppendoler erstarrte für einen kurzen Moment. Marlenes Vorwurf traf ihn sichtlich. Er bekam einen verzweifelten Gesichtsausdruck. Emotional stieß er aus: „Aber was sagen Sie denn da?! Das ist ... das ist ganz abwegig! Wie kommen Sie auf eine derart abartige Anschuldigung?!" Schweiß sammelte sich auf seiner Stirn, den er mit einem Taschentuch abtupfte.

„Dieser Brief ist verschwunden. Jedoch beschäftigte diese Tat Lili Wiesenmann so sehr, dass sie in ihrem Tagebuch einen Eintrag verfasst hatte, indem sie ihre Gedanken über den sexuellen Missbrauch an Rebecca niederschrieb. In diesem Eintrag ist eindeutig zu lesen, dass Sie es sind, Herr Oppendoler, der das arme Kind regelmäßig sexuell missbraucht hatte."

Herr Oppendoler wurde blass. Er blickte mit angstverzerrten Augen, wie ein Tier, dass gerade zur Schlachtbank geführt wurde. Kraftlos setzte er sich auf die Kante seines Schreibtisches. Marlene war sich bewusst, dass sie bis zu diesem Zeitpunkt keinen Beweis dafür hatte, dass er `Mr. Perfect´ war. Doch sah sie, wie Herr Oppendoler reagierte und sprach weiter: „Nachdem

Sie eines Abends in Lilis Haus eingebrochen und sich Rebeccas Brief zu eigen gemacht hatten, fühlten Sie sich sicher. Rebecca würde niemals aus eigenem Antrieb etwas über den sexuellen Missbrauch verraten. Schon gar nicht jetzt, nachdem sie vor Ihnen in Sicherheit und mit ihrer Familie wieder nach Australien zurückgekehrt war. Sie hatte Angst, dass man ihr die Schuld dafür geben würde, wenn es herauskäme. So hatten Sie es ihr monatelang eingeredet. Sie fühlten sich sicher, denn alle Spuren waren beseitigt. Niemand würde jemals von ihrer ekelhaften und kranken Triebbefriedigung erfahren. Jedoch wussten sie nicht, dass ein Tagebuch existierte. Dieses Tagebuch hat nun die Polizei, und sie wird Rebecca Schulz in Australien auffinden und zu einer Aussage bewegen."

Luca schluckte. Was Marlene sprach war fast unglaublich.

„Sie, ein Familienvater! Das ist unfassbar! Was empfinden Sie beim Anblick Ihrer eigenen Kinder oder wenn Sie Ihre eigenen Kinder berühren?" Marlene redete sich in Rage. „Noch dazu sind Sie ein Lehrer! Ein angesehener Studienrat! Eltern vertrauen Ihnen ihre Kinder an!"

„Bitte, hören Sie auf!" Herr Oppendoler sackte in sich zusammen.

„Geben Sie es zu! Geben Sie zu, dass sie Rebecca Schulz sexuell missbraucht haben!"

Herr Oppendoler schluckte. Er vergrub sein Gesicht in seine Hände. Es gab kein Zurück, kein Entrinnen mehr. Er gab es zu. „Ich schäme mich so sehr", stammelte er.

Dann öffnete sich die Tür und seine Frau kam herein. Sie wunderte sich über Marlenes laute Stimme. „Was ist passiert?", fragte sie, nachdem sie Herrn Oppendolers Zustand sah. Die beiden Kinder schauten durch den Türspalt.

Er weinte. Beschämt sagte er: „Bitte, sagen Sie meinen Kindern und meiner Frau nichts. Bitte nicht jetzt, vor Miriams Geburtstag. Es würde ihnen das Herz brechen."

„Aber was sagen?", fragte Frau Oppendoler. „Liebster, was sagen? So sprich doch mit mir!"

Marlene hatte kein Mitleid. Sie befahl: „Sie kommen jetzt mit uns zur Polizei. Dort werden Sie ein Geständnis ablegen." Dann gab sie Luca ein Zeichen. Dieser richtete sich vor Herrn Oppendoler auf. Herr Oppendoler nickte. Mit gesenktem Haupt wurde er von Luca nach draußen geführt. Seine beiden Kinder rannten ihm nach: „Papa, Papa, wohin gehst du? Dürfen wir mitkommen?" Er blickte sie traurig, aber liebevoll an und schüttelte den Kopf. Dann stieg er in Lucas Auto. Seine Frau verstand nichts von alledem. Sie schaute dem wegfahrenden Auto ängstlich nach und hielt ihre beiden Kinder fest im Arm.

Als Luca und Marlene aus dem Polizeirevier herauskamen, fragte Luca: „Wie sind Sie auf ihn gekommen?"

Marlene erzählte von ihrem ersten Zusammentreffen während des Impro-Theater-Kurses: „Nach dem Kurs ging Lili zu ihm und sagte etwas, was ich leider nicht hören konnte. Ich konnte einzig Herrn Oppendolers Reaktion darauf sehen. Die war seltsam. Er war offenbar sehr angespannt. Es musste sich um etwas außergewöhnlich Schlimmes gehandelt haben, was ihm Lili gesagt hatte. An seinen Gesichtsausdruck erinnere ich mich noch heute."

Da Luca nicht ganz verstand, worauf sie hinauswollte, erklärte sie weiter: „Lili schrieb am Ende ihres Tagebucheintrags, dass sie aktiv etwas tun wollte. Sie musste damit das Gespräch nach dem Kurs mit Herrn Oppendoler gemeint haben. Lili wollte etwas gegen ihn unternehmen. Und das machte sie ihm klar. Deswegen reagierte er so angespannt. Er war nach dem Gespräch mit Lili gewarnt und wurde gezwungen, zu handeln. Als nächstes erschien er uneingeladen an Lilis Geburtstagsfeier. Lili verhielt sich ihm gegenüber höflich und distanziert. Sie ließ sich nichts anmerken, denn sie wollte die Katze nicht an ihrem Geburtstag aus dem Sack lassen. Herr Oppendolers Besuch auf dem Geburtstag galt einzig und alleine nur dem Vorhaben, herauszufinden, wo Lilis Zimmer gelegen war. Er fragte, bevor er ging, ob er auf die Toilette gehen dürfte. Dadurch war er für einen Moment unbeaufsichtigt. Er war natürlich nicht tatsächlich auf der Toilette, sondern suchte Lilis Zimmer, das sich zufälligerweise unmittelbar in der Nähe im Parterre befand. Herr Oppendoler wusste nun, in welches Fenster er einsteigen musste, um in Lilis Zimmer zu gelangen. Er brach in der darauffolgenden Nacht ein und suchte erfolgreich Rebeccas Brief. Als ich ihn überraschte, flüchtete er. Seitdem hörten und sahen wir nichts mehr von ihm. Er wartete und hoffte, dass Gras über die Sache wachsen würde."

„Sehr beeindruckend", resümierte Luca. „Aber ich dachte die ganze Zeit über, der Einbrecher ist auch Lilis und Melinas Mörder? Davon sagten Sie nichts."

„Nein, Herr Oppendoler ist kein Mörder. Ich glaube, dazu wäre er nicht im Stande gewesen. Er hätte es sein können, da ihm Lili als Zeugin gefährlich wurde. Aber ich glaube es nicht."

Luca schaute sie fragend an.

„Ich habe eine andere Theorie", erklärte sie. „Und ich brauche deine Hilfe, um sie zu beweisen. Begleitest du mich?"

Luca schaute sie nachdenklich an. Dann sagte er: „Ja, ich helfe Ihnen. Wohin müssen wir fahren?"

„Zu Lili nach Hause, bitte", gab Marlene an. Luca startete den Wagen und beide fuhren ins Langental hinauf.

Nachdem sie aus dem Wagen gestiegen waren, bat Marlene Luca, ihr zu folgen. Sie liefen am Haus und an der Blumenwiese vorbei. Sie schritten schweigend entlang des Holzzauns des Nachbarn und kamen schließlich an dem kleinen Holzhäuschen an, das Marlene bei ihrer Erkundung gefunden hatte. Luca verstand nicht, was sie hier finden sollten. Sie gab ihm ein Zeichen, näherzukommen. Sie erklärte: „Dies war ein Geheimversteck von Lili und ihrem seelenverwandten, guten Freund. Ich stelle mir vor, dass sie hier oft miteinander Zeit verbrachten, zusammensaßen und sich unterhielten. Ich dachte mir, dass der Mörder dieses Versteck auswählen würde, um die traurige Geschichte hier an diesem Ort zu beenden." Sie öffnete die Tür. Im Inneren saß Sofie gefesselt und geknebelt auf einem der Stühle. Es erschreckte Marlene,

Sofie so zu sehen. „Sofie!", stieß sie aus. Schnell ging sie zu ihr und legte ihr die Hand tröstend auf die Schulter. Luca kam herein und schloss die Tür von innen. Nun waren sie alleine, von der Außenwelt abgeschnitten. Marlene, Sofie und Luca.

„Du musst ihr den Knebel aus dem Mund nehmen", sagte Marlene. „Und bitte, löse ihr die Fesseln."

Luca erstarrte. Er rührte sich nicht. Es wurde still.

„Hilf deiner … Mutter", flüsterte sie eindringlich.

Luca schaute entsetzt in Marlenes Augen. „Bitte, du musst sie retten!", flehte Marlene ihn an. „Du bist der einzige, der sie retten kann!"

Luca wiederholte langsam und abfällig, während er ein Messer aus seiner Tasche zog: „Meine Mutter! Ja, sie ist meine Mutter! Ich frage mich, woher du das weißt? Marlene, sag es mir?! Woher weißt du, dass sie meine Mutter ist?" Er legte das Messer an Marlenes Hals an. Sie wagte nicht etwas zu sagen.

„Ich hatte niemals eine Mutter!", schrie er sie an. „Meine Mutter hätte mich niemals verkauft! Das hätte sie niemals zugelassen! Meine Mutter hätte mich behalten und geliebt und beschützt und aufgezogen! Nein, das ist nicht meine Mutter!" Er grinste verzerrt mit einem irren Gesichtsausdruck. Dann benutzte er das Messer geschickt, um Sofies Knebel zu zerschneiden. Sie stöhnte laut auf und jammerte: „Bitte, tu mir nichts!"

„Du hast mich verkauft!", donnerte er. „Als kleines unschuldiges Baby verkauft an eine fremde Frau!"

„Bitte, ich weiß nicht wovon du sprichst!", weinte Sofie.

„Meine `Pflegemutter´", redete er angewidert weiter, „oder wie soll ich zu der Person sagen, die mich für Geld aufgenommen hatte? Diese Person hat es mir auf dem Sterbebett verraten. Sie bekam 50 000 DM dafür, dass sie einen fremden Säugling als den ihren ausgab. Auf wundersame Weise bekam sie dann in dieser Nacht zweieiige Zwillinge! Meinen `Bruder´, den sie selbst geboren hatte … und mich. Das ist die traurige Wahrheit, Mutter!"

Sofie erinnerte sich an ihre Schwangerschaft und das traumatische Erlebnis der Totgeburt. „Aber man sagte mir, du seist tot! Ich wusste nicht, dass du lebst!"

„Ich war aber nicht tot!", schrie er ihr ins Gesicht. „Ich lebte! Und ich hatte ein Recht auf mein Leben!" Dann sprach er mit gebrochener Stimme weiter: „Du hast ja keine Ahnung, was ich alles erleiden musste. Die Familie, in die ich hineingesetzt wurde, war grausam, arm und verbittert! Die Eltern waren beide arbeitslos. Sie tranken und waren ab Mittag jeden Tag besoffen. Ich wusste, dass ich anders war, dass sich Gott irgendwie getäuscht haben musste! Aber meine Realität sah anders aus. Ich bekam jeden Tag Prügel für irgendetwas, was ich verbrochen haben sollte. Meinen Arsch haben sie wundgeschlagen. Einmal musste ich wegen gebrochener Rippen ins Krankenhaus. `Ich sei die Treppe hinuntergefallen´, sagten sie. Niemand hat mir jemals geholfen! Niemand hat mich jemals dort rausgeholt! Es war ein Albtraum, aus dem es kein Entrinnen gab! Ich hatte keine Chance im Leben, wirklich nicht. Ich durfte nicht auf eine höhere Schule gehen. Ich durfte keine Kunst oder Kultur kennen lernen. Ich durfte nichts! Ich wurde in nichts gefördert. Dann, kurz bevor sich meine `Mutter´ totgesoffen hatte, gestand sie mir, dass ich nicht ihr Kind war. Sie sagte, dass ich Abschaum sei und das Geld nicht wert gewesen wäre. Sie hasste mich und sagte: `Du bist Abschaum!´", wiederholte er weinend. „Ich wurde nie geliebt. Niemals! Von niemandem!"

Er machte eine Pause. Marlene stockte der Atem. Auch Sofie starrte ihn mit aufgerissenen Augen an. Er atmete schwer.

„Den Namen Rösch zur Schemme, den sie mir am Sterbebett nannte, merkte ich mir", fuhr er fort. „So hieß also meine wahre Familie, meine wahre Mutter, die Geld dafür bezahlt hatte, dass sie mich loswerden konnte. Ich holte Erkundigungen ein. Wo sie lebten, wer alles zur Familie gehörte, all das. Da erfuhr ich, dass die Tochter

Lili Theater spielte. Ich schrieb mich in den Kurs ein und befreundete mich mit ihr. Und da sah ich die ganze Wahrheit! Lili, das Wunschkind, wurde geliebt, gefördert, wuchs behütet auf. Meine Familie war schön und reich und glücklich! Wie sehr ich das alles hasste, was ich sehen musste! Ich hätte auch ein Recht gehabt auf das Leben hier im Haus! Was für ein Leben hätte ich führen können?! Mein rechtmäßiges Leben, das du mir genommen hast!" Er kam ganz dicht an Sofie heran, die verzweifelt in seine Augen sah. Langsam und bedeutend sprach er: „Du hast mir mein Leben genommen, also beschloss ich, dir alles zu nehmen, was dir lieb ist! Du solltest leiden, wie ich gelitten habe! Du solltest deine letzten Tage in Angst und Schrecken verbringen! Deswegen habe ich dir deine Lili genommen. Sie war dein Ein und Alles. Wie habe ich es genossen, dich leiden zu sehen! Deinen Verfall mit anzusehen, machte mich zufrieden. Und, wie langsam die Lebensfreude aus dir gewichen ist, bereitete mir Genugtuung!"

„Ich wusste das alles nicht", weinte Sofie verzweifelt. „Ich hätte dich so sehr geliebt. Das musst du mir glauben! Meine Mutter sagte, du wärst tot! Sie haben dich mir weggenommen! Ich hätte um dich gekämpft, wenn ich eine Chance gehabt hätte!"

„Zu spät!", schrie er. „Deine Zeit ist nun gekommen. Und auch du, Marlene, wirst hier lebend nicht mehr rauskommen."

Marlene schaute sich um. Der Raum war eng und die Tür durch ihn versperrt. Es gab kein Entkommen. Luca setzte das Messer an Sofies Kehle an: „Sag adieu, Mutter!"

In dem Moment wurde die Tür aufgestoßen und Hauptkommissar Gubary schrie: „Messer fallen lassen oder ich schieße!" Wie ein Irrer drehte sich Luca langsam um. Er ließ das Messer fallen. „Nicht schießen", bat er. Dann lächelte er erleichtert, nahm etwas aus seiner Hosentasche und steckte es in seinen Mund. „Nicht!", befahl Hauptkommissar Gubary. Doch es war zu spät. Luca sackte auf die Knie, dann fiel er tot zu Boden.

Marlene nahm Sofie, die bitterlich weinte, fest in den Arm. Marlene hauchte: „Danke … danke!"

11

Es war spät am Abend. Der Tatort war gesichert, Lucas Leichnam von der Rechtsmedizin abgeholt und alle formalen und routinierten Abläufe bearbeitet. Die

Kollegen von der Polizei hatten ihre Arbeit beendet und sich bei Hauptkommissar Gubary verabschiedet.

Sofie hatte noch im Holzhäuschen einen Nervenzusammenbruch erlitten. Marlene hatte ihr daraufhin starke Beruhigungstabletten verabreicht und sie in ihrem Bett schlafen gelegt. Sie musste zu Kräften kommen und benötigte viel Ruhe. Sofie war nicht im Stande gewesen, das Geschehene begreifen und verkraften zu können. Marlene wollte sich, auf Hauptkommissar Gubarys Anraten, in den kommenden Tagen um professionelle Hilfe bemühen.

Ruhe kehrte ein. Als sie zu zweit auf dem Sofa saßen, bot Marlene Hauptkommissar Gubary einen Schluck Rotwein an. Er lächelte. Sehr gerne stieß er mit ihr auf den gelösten Fall an. Er sagte anerkennend, ohne eine Spur von Neid: „Ich bin Ihnen sehr dankbar. Ihr Gespür und Ihr Sinn für das Zwischenmenschliche sind bewundernswert."

Marlene bedankte sich für das Kompliment.

„Und nun sagen Sie", bat Hauptkommissar Gubary, „wie sind Sie letztendlich auf ihn als Täter gekommen? Dachten Sie nicht zuerst, dass der sexuelle Missbrauch mit den Morden in Zusammenhang stehen muss?"

Er blickte sie interessiert an. Nach einem ersten Zögern, begann Marlene langsam von ihren Beweggründen zu berichten: „Richtig. Sehen Sie: Nach genauem Nachdenken, musste es so sein, dass Herr Oppendoler der Täter war, der im Tagebuch mit `Mr. Perfect´ betitelt wurde. Andere konnte ich ausschließen. Herr Oppendoler hatte als Klassenlehrer den täglichen Kontakt zu Rebecca Schulz. Seine Autorität als Respektsperson und Lehrer konnte er ausnutzen und sie einschüchtern. Ihre Eltern vertrauten ihm und ließen ihre Tochter von ihm nach Hause fahren. Niemand sonst hatte in einer Verbindung zu Rebecca gestanden.

Er musste es gewesen sein. Ich sah nach dem Impro-Theater-Kurs auch genau den Moment, als Lili Herrn Oppendoler eröffnete, dass sie von Rebecca wusste und etwas gegen ihn unternehmen würde. Es war ganz offensichtlich.

Er musste schließlich handeln. Er brach bei Lili ein und entwendete Rebeccas Brief. Danach war er von der Bildfläche verschwunden. Nun, aber war er auch ein Mörder? Er hätte das Narkotikum in ein Getränk in Lilis Zimmer beimengen können, als er sagte, er würde auf die Toilette gehen. Aber wie wollte er sicherstellen, dass Lili dieses Getränk tatsächlich zu sich nahm, und nicht zufällig ein anderer? Und wie konnte Melina davon erfahren haben? Sie war zu dieser Zeit mit allen anderen zusammen im Wohnzimmer. Melina musste aber etwas gesehen haben, weshalb sie auch ermordet wurde. Das war die logische Folge, aber in diesem Fall, so befand ich, eher unwahrscheinlich. Dass sich Lili außerhalb mit Herrn Oppendoler getroffen haben könnte, schloss ich sofort aus. Sie stand in keiner engeren Beziehung zu ihm. Schlussendlich konnte somit Herr Oppendoler nicht der gesuchte Mörder sein."

Hauptkommissar Gubary konnte Marlenes Ausführungen gut nachvollziehen. Er nickte bestätigend. Dann wiederholte er seine Frage von zuvor: „Doch wie sind Sie auf Luca Ringsberg gekommen? Wir hatten eine ganz andere Fährte verfolgt."

„Sie meinen Oliver Hoffmann?"

Hauptkommissar Gubary bestätigte Marlenes Vermutung.

„Zu Oliver Hoffmann möchte ich gerne später kommen", sagte sie. Dann setzte sie sich aufrecht hin und sprach überlegt: „Nun, es war Sofies Mutter Rosa, die mich auf die richtige Spur gebracht hatte. Sehen Sie: Rosa kann auf Grund ihrer Demenz Dinge, die in der Gegenwart geschehen, nicht mehr verstehen. Sie ist auch nicht mehr im Stande, Menschen sicher zu erkennen. Aber manchmal hat sie ihre wachen Momente. Da blitzt etwas aus ihrer Vergangenheit auf. Etwas, das sie erlebt und viel Bedeutung hatte." Marlene erinnerte sich: „Sie sagte etwas von: `Ich bin schuld´ und `es lebt´. Als ich sie das erste Mal sah, da sagte sie zu Sofie über mich: `Sie hat es genommen´. Sie verwechselte mich mit einer anderen Person aus der Vergangenheit. Ich fragte mich nun, woran könnte sie schuld gewesen sein? Wer wurde genommen und wer lebte unerwarteterweise doch? Dann erzählte mir Sofie von der Totgeburt ihres ersten Kindes. Was mir sofort auffiel, ich aber nicht richtig einordnen konnte, war, dass Sofie das Kind niemals zu Gesicht bekommen hatte. Es wurde ihr entrissen und aus dem Zimmer getragen. Dann sagte man ihr, das Kind sei tot. Und als sie mir von der Trauerfeier erzählte, sprach Sofie von einem weißen Sarg. Sie sagte nichts über ihr Kind, nur etwas über dem Sarg. Später dachte ich darüber nach. Wenn Rosa so dominant und konservativ gewesen war, wie Sofie erzählte, dann mochte sie es bestimmt nicht geduldet haben, dass Sofie mit 14 Jahren ein uneheliches Kind bekam. Sie könnte den Plan gefasst haben, das Kind verschwinden zu lassen. Sie fädelte ein, dass die Schwangerschaft und die Geburt im Geheimen und in vollkommener Abgeschiedenheit stattfanden. Sie zahlte einem armen Ehepaar genügend Geld dafür, dass sie Sofies Baby als ihr eigenes ausgaben. Niemand ahnte etwas. Diese Schande war erfolgreich vertuscht worden. Als ich mir darüber im Klaren war, dass das Kind leben könnte, rechnete ich mir aus, wie alt es heute sein musste. Es kamen zwei Personen in Lilis Umfeld in

Frage, die um die dreißig Jahre alt waren: Luca und Oliver. Beide könnten der gesuchte Halbbruder gewesen sein. Dann fiel mir ein, was mir Fabian über Lilis und Lucas Freundschaft berichtet hatte. Beide spürten eine enge Verbundenheit zueinander. Sie waren praktisch `Seelenverwandte´, so sagte er. Wenn Lili und Luca tatsächlich Halbgeschwister waren, dann war diese enge Verbindung zwischen ihnen sehr natürlich und nachvollziehbar. Dazu kam, dass Luca erzählte, er sei in einem kleinen Dorf in der Nähe von München aufgewachsen. Gemeinsam mit seinem vermeintlichen Zwillingsbruder hatte er dort auf einer Bergkuppe ihren achtzehnten Geburtstag gefeiert. Das Internat, in dem Sofie während ihrer Schwangerschaft versteckt wurde, war in Bad Tölz, ebenso in Bayern. Das könnte zusammenpassen."

Marlene machte eine Pause. Sie nahm einen Schluck Rotwein und vergewisserte sich, ob ihr der Hauptkommissar folgen konnte. Dieser bejahte und so sprach sie weiter: „Ich möchte nun zu Oliver Hoffmann kommen. Natürlich überlegte ich auch, ob er der Halbbruder gewesen sein könnte. Ich kam aber in dem Moment davon ab, als Sie, Herr Gubary, Sofie fragten, wer nach Sofies Tod das Familienvermögen erben würde. Bitte erinnern Sie sich! Ich öffnete das Fenster, weil es stickig war. Da fragte ich durch das offene Fenster Oliver, der in der Nähe arbeitete, ob er seinen

Rasenmäher für einen Moment ausschalten könnte. Sie rückten im Gespräch Aarons Sohn, Sofies unbekannten Neffen und Lilis Cousin, in den Mittelpunkt der Ermittlungen. Dieser würde im Falle von Sofies Tod das ganze Vermögen erben. Als ich nach dem Gespräch das Fenster wieder schloss, wunderte ich mich. Ich sah, wie Oliver schnell weglief. Er war offenbar am Fenster gestanden und hatte das Gespräch belauscht. Am nächsten Tag war er verschwunden. Er war mit seiner Frau Leslie Hals über Kopf ausgezogen. Konnte es sein, dass er der gesuchte Cousin war? Niemand hatte ihn jemals als Erwachsener gesehen. Er könnte den Nachnamen seiner Frau angenommen und einen falschen Vornamen benutzt haben. Somit blieb er unerkannt. Als sich die polizeilichen Ermittlungen in seine Richtung konzentrierten, bekam er vielleicht Angst und suchte das Weite. Oliver war ein Mann, der keinen Beruf erlernt hatte, der hier und dort Arbeiten übernahm. Dass er sich nicht dauerhaft hier in Bruchsal niederlassen wollte, konnte man auch daran erkennen, dass er eine möblierte Wohnung anmietete. Er war sozusagen die ganze Zeit auf dem Sprung. Vielleicht wollte er die Familie nur aus einer sicheren Deckung kennenlernen und etwas Geld abgreifen? Seine genauen Beweggründe kenne ich natürlich nicht. Bei unserem ersten Zusammentreffen fiel mir seine ungewöhnliche Sprachmelodie auf. Ich dachte, er hat eine interessante

Klangfarbe. Jetzt denke ich, dass seine Sprache leicht amerikanisch gefärbt war. Er gab sich alle Mühe, seinen Akzent zu verbergen, jedoch war er unterschwellig zu hören. All das überzeugte mich, dass Oliver der Cousin von Lili und nicht ihr Halbbruder sein musste. Ich denke, er wird versuchen, mit seiner Frau in die Staaten zurückzukehren. Ich an Ihrer Stelle würde die Flughäfen überwachen."

„Warum schlossen Sie ihn als Mörder aus?", wollte Hauptkommissar Gubary wissen. „Er hatte durchaus ein Motiv."

„Nun, ganz einfach: Er war an Lilis Geburtstag nicht da. Und er hatte keine persönliche Beziehung zu ihr. Ich glaube nicht, dass sie ihm am Abend zu einem Rendezvous gefolgt wäre. Es gab keine ersichtlichen Indizien, die ich finden konnte."

Marlene brauchte eine kurze Pause. Sie saß einen Moment still da. Hauptkommissar Gubary wartete. Dann sprach sie weiter: „Luca war also der Halbbruder. Welches Motiv konnte er gehabt haben Lili zu töten? Ich gebe zu, ich hatte nicht im Entferntesten an diese tragischen Schicksalsschläge gedacht, die er in seinem Leben erfahren musste. Aber ich vermutete, dass es etwas mit seiner Lebensgeschichte zu tun haben könnte. Er suchte die Nähe seiner Herkunftsfamilie auf und musste sehen, dass sie alles, und er nichts hatte. Als er von seinem 18. Geburtstag erzählte, wie er alleine mit seinem Bruder auf der Bergkuppe Bier trank, sprach er von seinem schönsten Geburtstag überhaupt. Da dachte ich, dass er bis dahin vielleicht wenige glückliche Momente erlebt hatte. Offenbar träumte er von etwas anderem, was noch nicht war, aber eines Tages noch kommen könnte. Er konnte es nicht verkraften, dass Lilis Leben so wunderbar, glücklich und behütet war. Es war seiner Meinung nach ungerecht und er war voller Neid und Hass. Deshalb tötete er Lili, so glaubte ich. Dass er sich an Sofie damit rächen wollte, davon hatte ich zunächst nichts geahnt.

Dass Melina sterben musste, war für ihn unabdingbar. Ich nehme an, dass sie Luca dabei beobachtet hatte, wie er das Narkotikum in Lilis Glas gab. Melina war es auch gewesen, die nochmals nachhakte, als es um diesen Umstand ging. Vielleicht werden Sie in Lucas Auto Melinas Handy finden. Das wäre dann der Beweis dafür, dass er auch sie umgebracht hatte.

Als dann Sofie verschwand, überkam mich der Gedanke, dass es in Wahrheit um sie gehen musste. Sie musste leiden dafür, dass sie ihr Kind einst weggegeben hatte. Fieberhaft dachte ich nach, wohin Luca Sofie verschleppt haben könnte. Und ich betete, dass es noch nicht zu spät war. Da fiel mir das Holzhäuschen ein. Ich fand es bei einem Spaziergang. Dass das Häuschen benutzt wurde, wusste ich, weil kein Körnchen Staub auf den Stühlen und auf dem Tisch zu finden war. Es musste jemand vor kurzem darauf gesessen und etwas auf die Tischplatte gelegt haben. Dann erinnerte ich mich an einen bestimmten Tagebucheintrag. Es war davon die Rede, dass Lili zum ersten Mal mit `ihm´ in ihrem Geheimversteck gewesen war. `Es war nett´, schrieb sie. Ich dachte zuerst, dass es Fabian sein musste, mit dem sie dort war. Aber ich verglich den Eintrag über Fabian mit dem Eintrag über das Geheimversteck und da bemerkte ich, dass es sich um zwei verschiedene Personen handeln musste. Einmal schrieb sie liebevoll, schwärmerisch und begeistert über das erste Date mit Fabian und dann im anderen sachlich und eher nüchtern über das Treffen im Geheimversteck. Es musste jemand anderes Sein. Nun, ich vermute, dass Luca das Häuschen ausfindig gemacht und es mit Lili als Seelenverwandte für ihre heimlichen Treffen benutzt hatte. Ich dachte sofort, dass Luca Sofie dorthin verschleppt haben musste.

Das Häuschen spielte übrigens auch an Lilis Geburtstag eine wichtige Rolle. Luca lockte sie wahrscheinlich mit einem wundervollen persönlichen Geschenk oder einer großen Überraschung. Dieses sollte sie später am Abend in ihrem Geheimversteck vorfinden. So war es zwischen Lili und Luca verabredet. Luca betäubte sie mit dem Narkotikum, was Melina beobachtet hatte. Dann gab er

Lili ein Zeichen. Sie verabschiedete sich lächelnd in Vorfreude, bald etwas Tolles geschenkt zu bekommen. Sie lief zu dem Versteck. Das Narkotikum zeigte seine Wirkung und Lili schlief ein. Als sie folglich nicht zurückkehrte und später von ihren Freunden gesucht wurde, konnte sie sich nicht zu erkennen geben, denn sie lag betäubt im Häuschen. Luca fuhr seine Freundin Sonja nach Hause und verabschiedete sich von ihr. Danach kehrte er wieder zurück und trug Lili in sein Auto. Mit ihr im Kofferraum fuhr er an die Stelle in Heidelsheim, an der er sie ertränkte."

Marlene endete. Bescheiden erklärte sie: „Dies waren meine Gedanken und meine Folgerungen. So gesehen musste es Luca gewesen sein. Die traurige Wahrheit haben wir vorhin erlebt."

Hauptkommissar Gubary bedankte sich herzlich. Er gab offen zu, bis zu diesem Zeitpunkt alleine nicht auf den wahren Mörder gekommen zu sein. Es fehlten ihm die wichtigen Hintergrundinformationen und Querverbindungen, die Marlene durch ihre Beobachtungsgabe aufgenommen und richtig kombiniert hatte. Dann stand er auf. „Es war ein langer Tag", sagte er. „Kommen Sie bitte morgen zu mir ins Büro. Wir werden Ihre Ausführungen zu Protokoll nehmen. Ich hoffe, Sie finden heute Nacht die verdiente Ruhe und genügend Schlaf." Dann gab er ihr die Hand.

„Bitte, kümmern Sie sich um Frau Wiesenmann. Sie braucht jetzt Ihre Unterstützung."

Marlene nickte. Dann begleitete sie ihn zu seinem Auto. Nachdem er weggefahren war, schaute sie noch lange in den strahlenden Sternenhimmel.

12

Marlene öffnete die Tür. Das Zimmer war abgedunkelt. „Sofie?", fragte sie leise in die Stille. Sofie antwortete nicht. Sie lag mit offenen Augen im Bett und starrte an die Decke. Langsam zog Marlene die Vorhänge zur Seite. Es wurde hell.

„Wie spät ist es?", fragte Sofie mit schwacher Stimme.

„16 Uhr. Du hast lange geschlafen."

Dann setzte sich Marlene auf die Bettkante.

„Ich danke dir, dass du mich gerettet hast", Sofie drehte ihren Kopf zu ihr. „Wenn du nicht da gewesen wärst, dann würde ich jetzt nicht mehr leben."

„Ich wusste, dass es Luca sein musste", erklärte Marlene nach einer Pause. „Ich hoffte, dass ich nicht zu spät kommen würde. Ich dachte, so lange ich mit ihm zusammen bin, wird er dir nichts antun können. Deswegen hatte ich mich mit ihm verabredet und deswegen kamen wir zusammen in das Häuschen."

„Du bist so klug, Marlene." Sofie versuchte zu lächeln. „Ich danke dir für alles."

Nach einer langen Pause sprach Sofie weiter: „Ich hatte einen Sohn. Ich hätte ihn geliebt. Ich weiß, ich hätte ihn geliebt. Jetzt habe ich alles verloren. Meine geliebte Lili …", sie brach ab.

Marlene nahm ihre Hand. Sie dachte, dass Sofies Leben ganz anders verlaufen wäre, wenn sie sich als junges Mädchen und später als junge Frau ihrer Mutter gegenüber hätte durchsetzen können. Vielleicht hätte sie irgendwann auf eigenen Beinen gestanden? Losgelöst und frei von Rosas Einflüssen wäre sie vielleicht glücklich geworden, als junge Mutter von zwei gesunden Kindern.

„Sie hat alles zerstört", erkannte Sofie bitter. „Sie hat mir mein Kind genommen. Wie kann ich meiner Mutter je wieder in die Augen sehen?"

„Ich weiß es nicht, Sofie."

Das, was sie in den letzten Tagen erlebt hatten, war ein Albtraum gewesen. Vielleicht würde Sofie niemals über Lilis Verlust hinwegkommen, dachte Marlene. Und dass

Sofie einen Sohn hatte, der verbittert und hasserfüllt für sich im Leben keine Chance sah, tat ihr weh. Gewalt, Zerstörung und blinder Hass waren die Folge.

Marlene hoffte, dass sich Sofie eines Tages erholen würde und wieder einen Sinn im Leben finden konnte. Es war wichtig, sich nicht aufzugeben, sondern irgendwann wieder neuen Mut zu fassen, da war sie sich ganz sicher.

Marlene blickte lange auf Sofie. Dann sagte sie wohl überlegt: „Ich war viel zu lange fort, Sofie. Ich denke, ich werde wieder zurück in die Heimat kommen. Es war damals sehr wichtig für mich, auszubrechen und neue Wege zu gehen. Für meine persönliche Entwicklung war Berlin sehr gut. Doch eigentlich hält mich dort nichts. Hier werde ich gebraucht und hier fühle ich mich zu Hause. Vielleicht kann ich meine alte Heimat wieder neu entdecken, weil ich einst fort gegangen bin, wer weiß?"

Ein leises Lächeln huschte über Sofies Gesicht.

„Dann werde ich wieder da sein, hier bei dir. Und gemeinsam werden wir neue Wege finden und uns eine neue Zukunft aufbauen."

„Das wäre schön", sagte Sofie.

Marlene nickte zufrieden, stand auf und schaute lächelnd aus dem Fenster.

Weitere Bücher von Günther Tabery:

Die Reihe mit Martin Fennberg als Detektiv:

Band 1:   Ave Maria für eine Leiche

Band 2:   Stumme Gier

Band 3:   Doppelte Fährte

Band 4:   Dramatischer Tod

Band 5:   Faules Ei

Band 6:   Tödlicher Irrglaube

Band 7:   Mörderische Drinks